박경희 에세이

차라리 돈을 달랑께

박경희 에세이
차라리 돈을 달랑께

초판 1쇄 발행 2018년 10월 4일

지은이 박경희
펴낸이 황규관

펴낸곳 삶창
출판등록 2010년 11월 30일 제2010-000168호
주소 서울 마포구 대홍로 84-6, 302호

전화 02-848-3097
팩스 02-848-3094
홈페이지 samchang.or.kr

© 박경희, 2018
ISBN 978-89-6655-099-9 03810

* 이 책의 전부 또는 일부를 재사용하려면
반드시 지은이와 삶창 양측의 동의를 받아야 합니다.
* 책값은 뒤표지에 표시되어 있습니다.

박경희 에세이

차라리 돈을 달랑께

삶창

차례

1부

2부

3부

4부

5부 (산문 같은 소설)

6부 (산문 같은 소설)

1부

아주 드럽게 더워 죽겄네

— 참죽나무

동석이 아저씨와 남석이 아저씨는 어릴 적 불알친구다. 같이 싸움하고, 같이 밥 먹으며, 같이 머리 맞대고 컸다. 이 말 하면 저 말로 받아치는 친구가 요즘 어디에 있을까. 동석이 아저씨와 남석이 아저씨는 한배에서 나온 형제보다 더 마음이 잘 맞는 사이다.

달 밝은 밤이면 누가 먼저랄 것도 없이 술 한 병씩 들고 서로에게 가다가 노인회관 앞에서 만나 밤새 술 마시다가 집으로 돌아가고는 했다. 둘이 술에 취해 마을 정자에 누워 있다 보면, 각자 새끼들이 정자로 와서 아저씨들을 등에 업고 가는 것을 여러 번 봤다. 그러면 자다가 깜짝 놀란 개들이 일제히 짖어대는데, 그쯤 마을 사람들도 두 양반 이제야 집에 돌아가는구나, 하고 생각을 했다. 그만큼 사이가 좋으니, 두 아저씨 아내들은 늘 한숨과 두 숨이 길거리에 흩뿌려져

먼지로 흩날리고 있을 것이다.

“하, 징그럽게 덥구먼. 작년 이맘때 그리 비가 쏟아지더니, 올해는 어쩐 일로 초반부터 더운지 모르겄네. 아주 드럽게 더워 죽겄어.”

“그러게, 참말로 덥네. 날이 가믄 갈수록 뜨거워서리 오디 한낮에 돌아다닐 수 있어야지. 근디 밤에 집집이 돌까 싶은디 자네도 갈 거지?”

“그래야지, 음복이라도 혀야지…. 그렇게들 보내놓고 어디 제대로 날. 보낸 사람이 있었남. 다 그놈 탓이여. 그놈이 나와서 무너진 겨. 그놈이 달리 비늘 번득거리며 나왔겄어. 우리 마을 터줏대감이었던 겨. 집에 터줏대감 나오면 그 집 무너지잖어. 그래서 그랬던 겨.”

“허긴, 나두 태어나서 그리 큰 놈은 처음 봤다니께. 허벌나게 커서리 오줌까지 지렸다니께.”

“나도 그려. 그때 그놈 때문에 여럿 간 겨. 멀쩡허게 있던 산이 한 순간에 무너질 줄 누가 알아겄어.”

“그러게나 말여. 근디, 죽나뭇집 할매는 누가 제삿밥 차려준다고 혀? 아무도 읎는디 오쩐댜….”

“제사는 무신… 거시기 성석이가 접때 와서리 요 위에 있는 절에 올렸다고 하던디.”

“얼라, 죽나뭇집 할매가 성석이 죽었다고 울며불며 생난리를 쳤었는디, 순 뻥이었구먼."

"여즉 모르고 있었던 겨? 허긴 아들네 있다 왔으니 모르겄지. 성석이 그놈의 새끼가 서울 가서 사기 치고 도망 다니니께 사램들헌티는 죽었다고 할매가 그짓말 친 거지. 경찰헌티 잡혀가믄 징역 살으니께 그냥 죽었다고 헌 거 아녀. 그 엄마에 그 아들이여. 그런 아들은 잡아다가 감옥에 몇 년은 썩게 만들어야 혀. 그래야 고치지 그 지랄로 허믄 평생을 가도 마음 놓고 못 산다니께."

"그래도 새끼니께 지키고 싶었던 거지. 이래저래 둘러봐도 성석이 하나잖어. 성석이 엄니가 그놈 잘되라고 읎는 치성 있는 치성 빌려다가 지낸 양반 아녀. 그러니께 애지중지했던 거지."

"그래서 문젠 겨. 귀할수록 엄하게 다뤄야 허는디 불면 꺼질까, 만지믄 터질까 겁나서리 그리 키운 거 아녀. 새끼가 그리 생겨 처먹었으믄 몽둥이를 들어서라도 고쳐야 쓸 것 아녀. 이것은 죄다 부모 잘못인 겨. 암만."

"넘 새끼 흉보는 거 아녀. 내 새끼도 뭐허고 돌아다니는지 모르는 판에 넘의 새끼 흉보다가는 큰코다친다닌께."

"내 새끼 같으믄 아주 주릴 틀 겨. 갑지랄허고 다니다가 내 눈에 띄는 순간 작살을 내고 말 겨. 내 승질에 그런 건 두 눈 뜨고 못 보니께."

"참말로 어릴 적 승질을 여즉까지 가지고 있으니 오째. 그놈에 승질 좀 죽이고 살어. 올매나 산다고 그걸 붙잡고 있는 겨."

"다 놓치고 이거 하나 붙잡고 사는디 오쪄라고? 하루하루 건널 때마다 똥줄이 탈 때가 많다니께. 어쩌다 돌아보니 다 떠나고 읎잖어. 성석이 할매도 그랬겄지. 돌아보면 그 할매만 짠혀."

"왜 안 그러겄어. 나두 그런디. 난 다 짠혀. 성석이 할매도 나도 자네도 말여. 그저 자네 만나서 지난 얘기나 끄적거리다가 마누라 젖보다 심심한 막걸리 마시는 게 유일한 낙이라니께."

"아따, 샌님인 줄 알았더니 농도 칠 줄 알고… 제법인디?"

"지랄헌다. 언능 처먹기나 혀!"

태풍이 오기 전, 그러니까 태풍이 생성되기 그 이전에 동네가 뒤집어지는 일이 있었다.

○○산에 살았는지 어쨌는지는 모르겠지만, 몇 년을 살았는지, 몇십 아니 몇 백 년을 살았는지 모르겠지만, 커다란 구렁이 한 마리가 어디선가 나와서 마을 도로를 지나 저수지를 거쳐 다른 산으로 가버렸다. 슬슬 기어가는 것을 동네 아저씨가 보고는 오도 가도 못 하고 서 있었다고 했다. 그 후 동네에 안 좋은 일이 생기면 어찌하느냐며 있는 한숨을 끌어다가 쉬었다.

어느 날은 느닷없이 죽나뭇집 할매 집에 죽나무가 누가 손댄 것처럼 뭉텅뭉텅 가지째 떨어졌다. 아무리 바람이 불어도 이파리 몇 잎만

날렸는데, 모두 휑한 나무만 바라봤다. 떨어진 죽나무 가지가 집 입구를 막아서 할매가 애를 먹기도 했고, 죽나무 가지를 치운다고 왔던 김덕수 아저씨는 가지에 걸려 넘어져 팔이 부러지기도 했다. 그렇게 말이 씨앗이라고 거짓말처럼 일이 터져버렸다.

산 밑에 연립 공사한다고 약한 지반이 약해질 대로 약해졌는데, 그 안에 태풍이 세차게 달려와 더 건드렸다. 그렇게 버틸 대로 버티다가 하필이면, 빗길에 손주 데리러 가다 순남이 할아버지, 밭에 갔다 오던 죽나뭇집 할머니, 자동차 안에 있던 동식이 아저씨, 논물 보러 가던 용남이 아저씨, 집 안에 있던 순철이 아줌마와 순철이를 순식간에 산이 덮어버렸다. 눈 깜짝 할 새로 일어난 일이라 손도 써볼 새 없이 그저 발만 동동 굴렀다. 그렇게 한날한시에 동네 여러 분들이 저승으로 가셨다. 일 년에 한 번씩 같은 날 제사를 지내는데, 동네 아저씨들이 집집이 돌면서 술 한 잔씩 올렸다. 안타까움이 더해서 서로의 얼굴만 보고 캄캄해 보이지도 않는 먼 산만 바라보는데, 천지재변이니 어쩌란 말이냐고, 누굴 탓해야 하느냐고 힘주어 애기해도 들어줄 사람 없으니, 그저 마음만 한데 묶어 담배 연기를 날릴 뿐이다.

알랑가 몰라!

— 대추나무

다글다글 대추가 익어갈 무렵의 10년 전, 그러니까 아부지가 농부라는 업을 달고 살아 계실 적이다. 여차저차 이런저런 사정이 처마 끝, 땅바닥에 닿을 듯 말 듯 했던 그 시절, 나는 절에 살았다. 명절이라면 지긋지긋했지만, 어찌 고향을 멀리하고 산중에서만 살 수 있을까. 눈 감으면 생각나는 사람이 아부지고 엄니였다. 구들장 붙들고 대문 앞 의자에 앉아 희미하게 걸어들어올 딸년의 발걸음을 세고 있을 당신들을 생각하면 마음이 먼저 득달같이 달려가 있기도 했다.

내가 살았던 절에서 차를 두 번 갈아타야 닿을 수 있는 곳. 대천역 앞, 아부지가 달달거리는 오토바이를 세워두고 나를 기다렸다. 아부지의 모습은 환했으며, 쓸쓸했고, 햇볕에 타서 까만 얼굴은 아주 멋

있는 광경이었다.

지금은 고향으로 돌아와 욕 권법의 달인인 엄니와 살지만, 한때의 풍경처럼 오토바이도 달달달, 아부지 목도 달달달 떨리는 모습이 과거로 쓸려갔다.

고향이라는 곳은 신산스럽고, 징글징글하며 그러면서도 아득하게 그리워지는 곳이다. 그리하여 매년 한 번이든 두 번이든 꼭 와야 하는 곳. 이런저런 생각 끄트머리에서 고추잠자리가 날아다니고 감이 익어 퍽퍽, 떨어졌다.

여름이 끄냉이를 놓고, 오고 가는 바람도 가을바람이라, 윗집, 아랫집 안부 묻는 일이 하루의 일과가 되어버렸다. 이제는 겨울날 채비를 해야 한다며, 툇마루를 툭, 툭 두드리기도 하고, 양파 망이 수숫대 모가지를 끌어안기도 한다. 벼꽃이 피기 시작하면 참새가 종일 좋아라, 짹짹짹거리고, 농부들은 이에 질세라 허수아비와 반짝이 줄과 바람개비를 논 곳곳에 세워둔다. 그래도 잘도 쪽쪽 빨고 날아간다고 욕을 퍼붓는 할아버지의 목소리가 구름 한 점씩 흘러가듯 바람으로 휙, 날아간다.

"뭔 생각을 꿀 찍어 먹게 하는 겨?"

"아녀. 그냥."

"기양이고 나발이고 거시기 창석이네 괴기 좀 주고 와! 창석이네 성님도 추석을 보내야 쓰니께 느가 좀 다녀와."

"알았어. 근디 거기는 아즉도 자식새끼들 안 와?"

"오긴 뭘 와, 새끼들이 지 잘난 맛에 빠져서리 지 엄니가 죽는지 사는지 모르고 있는디, 지난 설 때 보니께 거시기 영후네 개새끼만 괴기 냄새 맡고 쫄래쫄래 왔다리 갔다리 하더만. 집이 관이여. 관에 그대로 들어가 앉는 겨. 고랑팔십이라고 혔어. 그리 고랑고랑헌디 약 한 제 저다 주는 인간이 읎으니 그것이 뭐여. 나는 옆땡이에 너라도 있으니께 그냥저냥 살기나 허지, 운신허기 힘든 몸뚱아리를 신으로 받들고 사는 그 냥반은 오쩔 겨."

"에이, 설마 요번 추석 때는 오겄지."

"와야 오는 거지. 지 엄니 입에 밥숟가락이 넘어가는지도 모르는 판에…. 창석이네 성님도 뭐 그리 좋다고 아새끼를 대추나무 맹키로 왜 기냥 많이 낳았나 몰러. 아주 다닥다닥 열려서리 서로 싸움지랄 허는디 속은 속대로 썩어서 그게 뭐여. 빼짝 말라서리 혼자 속앓이허고. 거시기 그 집 마당에 심은 대추나무가 창석이네 성님 결혼헐 적에 시아부지가 심어줬다더구만. 아새끼 잘 낳고 살라고. 다 그 나무 탓이여. 아주 그짓말처럼 새끼만 주렁주렁 낳아서리 감당도 못 허고 그게 뭐여. 창석이는 아예 지 성들이 키워서 객지로 내보냈잖어."

“아, 지난번에 지나가다가 보니께 혼자 밥도 잘 드시더구만.”

“혼자 먹는 밥이 맛나겄냐? 기냥 죽지 못허니께, 살어야 하니께, 꾸역꾸역 붕어 새끼마냥 먹는 겨. 손가락이 삐뚤어지지도 않은 것들이 뭘 알어. 그저 지들 주둥이에 밥 처들어가는 것만 알지.”

“오째, 엄마는 그리 부정적으로만 말한대. 낼모레가 추석인디 좀 지둘러보믄 오겄지.”

“아니, 니년은 시방 어미를 가르치려 드는 겨? 잉?”

“아니 그렇다는 얘기여.”

정육점에 가서 쇠고기를 몇 근 끊어서 쫄레쫄레 흔들며 창석이네 집으로 향했다. 쓰름매미가 온종일 추석이 왔다고 어찌나 울어대는지 귀청이 떨어져 나가는 듯했다.

한참을 강아지풀 머리도 훑어가면서, 바랭이도 끊어가면서 가는데 창석이네 아줌마가 대문 안에서 분주하게 움직였다. 무엇이 그리 좋은지 입이 귀에 걸려서 몸빼가 벗어져 엉덩이에 걸친 줄도 모르고 바쁘게 움직였다.

“안녕하세요.”

“왔냐!”

“엄마가 이거 갖다드리라구요.”

"뭘 이런 걸 가져왔다냐. 엄니한테 고맙다고 혀잉?"

"네, 근디 왜 이렇게 바쁘시대요?"

"창석이가 온다. 바빠서리 안 올 줄 알았더니만 온다네."

"아, 좋으시겠어요."

"좋긴 뭘 좋아. 바쁜 사람들이 일허야지. 여그서 시간 빼서 불믄 오째."

그렇게 말씀하시면서도 내내 싱글벙글, 짹짹짹짹, 이리저리 세숫대야 발로 차고, 개 밥그릇 뒹굴어 다니고, 조릿대 삭삭삭 바쁘다 바빠!

이 세상의 엄니들은 풀물 들어 어지간해서는 빠지지도 않은 손으로 한 세월 그렇게 살다 가면 그만이라는 듯이 신산스러워했다가, 객지에서 일하는 자식새끼들이 온다면 두 손 두 발 걷어붙이고, 이 밭 저 밭 알게 모르게 숨겨놓은 것들 죄다 내놓는데, 울근불근 앙알앙알 쫑알쫑알대며, 대문 안으로 들어올 자식새끼들은 엄니의 마음을 알랑가 몰라!

욕쟁이 할머니의 호떡

— 엄나무

— 집 가생이마다 빽빽하게 심은 엄나무가 뭔 소용이여? 거시기, 거… 액운 막는다고 심더니 용케 사이사이로 뚫고 들어오는구먼. 지랄도 어지간히 떨어야 비켜가지 그 지랄로 떠니 액운이 비껴가고 싶어도 아주 정콕으로 맞추는구먼. 구신들이 꽹과리 치믄서 지랄혀도 말 못 허겄어.

— 몬 말을 그렇게 혀? 나가 집을 팔아먹었어? 아니믄 논을 팔아먹었어? 뭐 땜시 사램을 가지고 쥐 잡듯이 잡느냐고. 얼굴 볼 때마다 난리를 치믄 어쩌라는 애기여? 나가 여그서 혀 깨물고 죽어야 속이 시원헌 겨? 아니믄 배 타고 나가서 콱, 물에 빠져 뒈져불어? 어지간히 혀야 그것도 먹혀들지 허구헌 날 따발총 쏘듯이 그라믄 나는 어쩌란 애기여?

— 이 썩을 놈에 새끼가 뭐라 지껄이는 겨? 주둥이에 똥을 처발랐나 막 던지고 지랄이여? 잉? 방구가 잦으믄 똥 나온다더니 딱, 그 꼴아녀. 그 지랄로 염병 방구질하더니 니 옆땡이 누가 있어? 니 새끼 싫다고 다 떠나고 아무도 없잖어. 똥도 앉는 자리가 편해야 나오는디 니 새끼는 오쩌자고 다 놓치고 사냐고.

— 누가 막 던졌다고 그러는 겨? 시방 내가 막 던졌어? 엄니가 먼저 막 던졌으니께 나는 그 말을 받아친 거 아녀. 나도 엄니헌티 막 던지기 싫어. 헌디 엄니가 그리 말을 막 허니께 나도 그러는 겨! 그라고 떠난 사람 얘기는 왜 자꾸 하고 그려. 그게 온제 적 얘긴디 자꾸 허는 겨. 내가 안 잡은 것도 아니잖어. 울고불고 지랄혀도 가는디 나보고 어쩌라고 다 지나서 이러는 겨. 이놈에 팔자가 이런디 나보고 어쩌라고 날이믄 날마다 이러냐고!

— 이런 씨부랄 놈의 새끼가 밥 잘 처묵고서는 오디다가 대고 소리를 지르고 난리여. 나가 니 새끼 얼굴을 볼 때마다 오장육부가 뒤집어지니께 허는 소리 아녀. 가만히 있다가도 속이 뒤집어지는디 오쩌라는 얘기여. 왜 기냥 넘의 집 새끼들처럼 못 살고, 허구헌 날 술 처묵고 돌아댕기믄서 싸움 지랄이냐고! 나이가 몇 개여? 다섯 손가락 접힌 지가 온젠디 팔십 처묵은 엄니헌티 붙어 댕기냐고. 손가락이 썩어 들어가야 싸움질이 멈추는 것도 아니고, 뭘 처묵어서리 저리 한 많은 인생이여.

호떡 할머니와 순철이 아저씨의 목소리가 담을 넘어왔다. 잊어버릴 만하면 한 번씩 호떡 할머니의 목소리가 후다닥 담을 넘어와 온 동네를 돌아다녔다. 호떡 할머니 목소리가 순철이 아저씨를 닦달할 때에도, 동네 어르신들은 그저 호떡 할머니만 두둔하고 감쌌다.

— 순철이는 온제까정 지 엄니 등골을 빼묵을란가 모르겄네.

— 빼묵을 게 있어야 빼묵지, 등골이 빠짝 마른 게 감나무 껍다구 같더만.

— 순철이 마누라 나간 지가 온제여?

— 몇 년 됐지? 삼 년 전인가, 사 년 전인가. 영칠이 아부지 농약 마시고 뒤집어진 해하고 같았으니께… 암튼 그쯤이여.

— 이제 고만저만허고 살지, 왜 자꾸 와서리 엄니를 건드리나 몰러.

— 왜 오겄어. 꿍꿍이가 있으니께 오는 거지.

— 무신 꿍꿍이?

— 나가 진즉에 알아봤어. 머리 검은 짐승은 거두는 것이 아닌 것이여. 그때 호떡 할매가 잘 못 생각했던 겨. 호떡 할매헌티 재산 있잖어. 그거 노리고 오는 놈 아닌감.

— 그런 소리 말어. 보지 않았으믄 암말도 말라고. 그라고 순철이가 애기 때 왔는디 무신 재산을 노리남.

— 보지 않아도 다 안다니께. 그게 한두 번이어야지. 접때도 호

떡 할매 밭 팔았잖어. 그거 다 순철이가 가져간 거 아녀. 그 밭이 오떤 밭이여? 구획지군가 거시긴가 들어가서리 금싸라기 땅 아녀. 그 땅을 팔았을 때는 필시 뭔가 있었던 겨. 아니믄 잠자는 땅을 왜 팔겄어.

– 말조심혀. 그러다가 순철이 들으믄 엄한 불똥 떨어진다니께.

– 나가 헛소리허는 사램인감? 아무리 지랄혀도 진실은 다 나오기 나름이라니께. 호떡 할매 죽고 나 봐 안 나오겄어? 재산 가지고도 시끄러울 테니께 한 번 봐보라고. 참말인가 그짓말인가.

– 순철이가 그 땅 판 돈 가져가는 거 본 사램맹키로 말허네.

– 그거 아니믄 뭐겄어. 순철이 그놈도 알고 있을 겨. 지 엄니허고 피 한 방울 안 섞인 거 말여. 그러니께 그 돈이라도 챙겨먹으려고 허는 거 아녀.

– 참말로 고만혀. 낮말은 새가 듣고 밤말은 쥐가 듣는다는디 이러다가 순철이 귀에 들어가믄 큰일 나겄네.

자리를 털고 일어난 진성이네 할매가 손가락으로 귓속을 한 번 훑더니, 뒤뚱거리며 집으로 향했다. 진성이네 할매 걸어가는 모습 뒤로 동네에서 말 많기로 소문난 무화과집 할매가 한 마디 던졌다.

– 내 말이 참말인가 그짓말인가 함 봐보라고.

호떡 할매 젊을 적에 순철이 아저씨를 양자로 들였다. 난리 통에 결혼보다 먹고사는 게 힘들어 시작한 일이 호떡 만들어 파는 일이었다고. 고아원에 호떡 갖다주러 갔다가 눈에 들어오는 아기가 있어서 보고 또 보고 또 봤는데, 그 아이가 순철이 아저씨였다고. 인연이 되려면 엉켜 돌아가도 된다고, 순철이 아저씨가 호떡 할매 바지를 잡고, 누구도 가르쳐주지 않은 '엄마' 소리를 했다고 한다. 그 소리에 호떡 할매는 눈물 콧물이 뚝, 뚝 떨어졌다는데, 순철이 아저씨 감싸안고 고아원을 나오면서 잘 키우겠다고 다짐을 했다고 한다.

그 뒤로 순철이 아저씨를 가슴으로 키우면서 아픈 손가락까지 감쌌다는데, 순철이 아저씨는 아직도 엄니가 친엄마인 줄 알고 있다는데, 그 말이 진짜인지는 모르겠으나 순철이 아저씨가 호떡 할매한테 어린아이 행동을 할 때 보면 참말인 것 같기도 하다.

순철이 아저씨는 동네 아가씨와 사랑에 빠져 바닷가 근처에 살았다. 그런대로 잘 산다고 생각했는데, 순철이 아저씨의 하나밖에 없는 아들이 자기 아들이 아니라는 것을 알게 되면서, 점점 폭력적으로 변했다. 자기를 제일 사랑한다고 믿었던 아내가 다른 남자의 씨를 가져왔으니, 맨정신으로는 살 수 없어서 매일 술과 씨름하고, 주먹으로 가정을 다스렸다. 그것을 못 견뎌서 아내는 아들과 함께 순철이 아저씨가 없는 틈을 타서 세상 밖으로 달려 나갔다. 달려 나간 자리에 휑하니 순철이 아저씨만 서 있다가, 어찌어찌 아내를 찾아냈는데, 아무리 잡아도 떠날 거라는 얘기에 그냥 뒤돌아섰다는 아저씨.

— 엄마! 저녁은 뭐 해 먹을 겨? 엄나무 끊어다가 삼계탕이나 해 먹으믄 좋겄구먼.

— 니 목구녁은 시방 먹을 게 넘어가는 겨?

— 넘기라고 있는 목구녁인디 워쩌겄어.

— 앵간허믄 헛지랄 좀 허지 말고 살어. 나 가고 나믄 워쩌라고 이러고 사는 겨. 엄나무 가시마냥 쿡쿡, 찌르믄 나중에는 곪는다고.

— 그러니께 오래 살어. 나도 계속 헛지랄헐 수 있게.

— 저놈에 주둥아리는 온제 자는 겨? 호떡 판으로 눌러줄까?

담 넘어 들려오는 소리에 가끔 쓸쓸하기고 하고 웃음도 나지만, 순철이 아저씨도 알 것이다. 호떡 할매가 얼마나 자기를 사랑하는지를. 그래서 저승으로 가는 길에 서 있는 할매를 붙잡고 싶을지도 모를 일이다.

짝꿍

— 감나무

대봉감은 감 중의 왕이다. 서리 맞은 감을 따서 말랑말랑해질 정도 두었다가 먹으면, 흐미, 입안에 퍼지는 달달함을 뭐라 표현할 수 없는 맛으로 꿀꺽 넘어간다. 겨우내 항아리 속이나 안 쓰는 서랍장 같은 곳에 넣어두었다가, 까치 눈 모르게 먹으면 등줄기가 환하게 맛있다.

홍시 아이스크림으로 먹어도 좋고, 흐물흐물 흘러가는 알맹이를 숟가락으로 떠서 할매 입에 넣어도 좋다. 처마 밑에 매달아 달빛, 햇빛을 온몸으로 받은 곶감은 쫄깃한 것이 누가 보든 말든 마구 입안에 쑤셔넣게 된다. 입안에서 우물우물거리다가 달큼한 것이 늙은 목젖을 건드리며 넘어간다. 그렇게 먹으면 똥구멍이 막히는 일은 없다. 똥이 아주 잘 나온다.

정집이 할매와 창숙이 할매가 마른 감나무 그늘에 앉아 홍시를 발라 먹고 계셨다.

"오째 성님은 서방님 가신 지가 북망산을 넘고도 여러 핸디, 여즉 다른 할배 볼 생각을 안 했슈?"

"혼자 몸땡이도 운신허기가 심들어 죽겄는디 오느 영감탱이 데려다가 또 수발들게 혀…. 그러는 자네는 오째 다른 늙은이 볼 생각은 안 허고, 맨날 그라고 있는 겨? 봤어도 진즉에 봤으믄 애새끼 빼고도 남았을 거 아녀."

"팔자에 새끼는 읎는디 오쩌겄슈. 오나가나 지는 성님 아니였으믄 진즉에 거리 구신 되고도 남았을뀨. 그나저나 성님은 얼굴도 곱고, 승질도 좋고, 음식도 잘 맹그는디 방구들만 붙잡고 염불만 허시니께 허는 말 아뉴."

"염병 같은 소리 허고 자빠졌네. 자네 말로 나가 그리 생겼으믄 오째 저 냥반이 자네 같은 사램을 봤겄어. 나가 생기다 만 것이 죄지."

"말은 바로 허라고, 생긴 건 성님이 낫쥬. 지가 생기다 말아서 그렇지."

"그럼 저 냥반이 자네 오딜 보고 데리고 온 겨?"

"불쌍혀서 데리고 왔겄쥬."

"불쌍 같은 소리허고 자빠졌네. 불쌍혀도 나가 더 불쌍허지 자네가 뭐시 불쌍혀? 첩때기를 내 자리에 들여앉히고, 뒷방으로 물러나서 눈 짓물러 가며 운 세월이 올만디 뭐시 불쌍혀?"

"성님은, 첩때기가 뭐래유."

"첩때기를 첩때기라고 그러지, 뭐시라 그려?"

정집이 할매와 창숙이 할매는 그러니까 성님, 아우 하는 사이인데, 정집이 할매는 봉구 할배 본처이고, 창숙이 할매가 봉구 할배 첩이다. 그렇게 봉구 할배 첩으로 들어와 방 꾸미고 산 지 십 년 만에 봉구 할배 저승으로 가셨다. 창숙이 할매에게 아이가 생겼으면 그 아이 믿고 살겠지만, 그나마도 삼신할매가 점지해주지 않으셨으니, 재산 한 푼 받지 못하고 창숙이 할매는 졸지에 오고 갈 곳이 없는 처지가 되어버렸다.

정집이 할매는 뒷방 늙은이가 되어 자식 둘을 끌이고 있다가, 봉구 할배 저승으로 가고 나서 앞방으로 나왔다. 창숙이 할매 짐 싸 들고 문을 나서면서 뒤돌아보고 또 돌아보고, 가는 길에도 또 돌아보니, 정에 약한 정집이 할매가 마지못해 일주일만 있다가 가라고 했다는데, 그 일주일이 평생 벗이 되어버렸으니, 정집이 할매 삶도 그다지 유쾌하지 않았다. 그렇게 벗으로만 살았으면 좋았을 것을, 정집이 할매 자식들이 창숙이 할매 쫓아내기를 여러 번 했다. 내 어릴 적 기억

속에도 있는 창숙이 할매의 눈물이 한가득이었다.

정집이 할매 자식들이 창숙이 할매 짐을 마당에 던지며 나가라고 소리를 질렀다. 창숙이 할매가 눈물을 훔치며 짐을 들고 나와 길 끝에 서 있는 감나무 밑에 앉아 꺼익꺼익 우는 것을 여러 번 보았다. 동네 사람들도 창숙이 할매가 울 때는 그 옆을 지나다니지 않았다. 그렇게 한참을 땅 보고, 하늘 보고 울고, 우두커니 앉아 있다가 보면, 정집이 할매가 천천히 걸어와 창숙이 할매 손을 잡고 다시 집으로 데려가고는 했다.

"여즉 안 간 겨? 나는 자래 신작로까정 간 줄 알았네."

"성님은 농이 나와유?"

"자네 몫인 겨. 다 감당해내야 헐 몫인디 워쩌겄어. 그래도 내 새끼들은 한바탕 지랄허고 나믄 다시 와도 뭐라 안 허잖어. 거시기, 저짝 동네 춘선이네 첩때기는 쫓겨나서 죽었는지 살었는지 오디로 갔는지 모른다더만. 그 집보다야 울 새끼가 훨씬 낫지 뭐여."

지금에서야 자식들이 정집이 할매를 자기네 집으로 모시지 못하니, 그냥저냥 두 분이 짝 맞춰 사시라고 용돈이나 보내주는데, 그도 한 번씩 군소리를 보태서 주니, 정집이 할매는 마지못해서 받는 것이다.

그렇게 두 분은 한집에 살면서 방은 각각 썼다. 안방은 정집이 할매가 쓰고, 작은 방은 창숙이 할매가 썼다. 두 분 주무실 때는 대문 밖까지 코 고는 소리가 들리는데, 한쪽에서 코를 골면 다른 쪽에서는 이를 갈고, 다른 쪽에서 이를 갈면 한쪽에서는 방귀를 뿡뿡 뀌었다. 이 삼박자가 어찌나 잘 맞는지 뒤꼍으로 지나던 고양이도 살금살금 걷다가 이 소리를 들으면 잠깐 멈췄다가 가기를 여러 번 반복했다.

짝꿍이야 남자가 됐든, 여자가 됐든, 맞춰가면서 하나가 되어 사는 법이다. 두 분의 관계가 어찌 되었든 쿵, 하면 짝, 하고, 짝, 하면 쿵, 하면 되는 것을. 정집이 할매와 창숙이 할매가 사시는 그날까지 그저 몸이나 덜 아프게 사셨으면 하는 마음 자락을 바람에 실려 보내는데, 그걸 받으실랑가 모르겠다.

차라리 돈을 달랑께

— 화살나무

뒷산에서는 뻐꾸기가 뻐꾹뻐꾹 울고, 앞 논에서는 개구리가 개굴개굴 울고, 전깃줄 위에서는 멧비둘기가 구구구 울고, 콩나물집 할매 전기세 윙윙윙, 돌아가는 소리에 가슴팍이 울고 있다.

서울에서 무엇으로 성공했는지는 모르겠으나, 그 동네에서 잘나간다는 콩나물집 할매 큰아들 영진 아저씨가 툭, 건드리면 무너져 내릴 것 같은 흙집에 에어컨을 딱, 들여놓았다.

집 안쪽으로 돌아가면 창고 쪽은 이미 무너져서 세울 기둥도 없고, 뒤곁으로 나 있는 길은 새순 나면 나물로 무쳐 먹겠다고 심은 화살나무가 우거져서 낫질을 해야 겨우 한 사람이라도 다닐 수 있었다. 그런데도 영진 아저씨는 엄니 도울 생각은 저 건너 저수지에 던져두고, 남 보란 듯이 어깨를 으쓱거리며 목소리에 힘을 빡, 주고는 동네가 떠나가라는 듯이 큰소리를 쳤다.

"엄마! 워떠? 괜찮지? 요즘 유행하는 스~따일인디 오째, 맘에는 드남? 찬찬히 보믄 이 집에 딱, 맞는구먼."

크게 소리를 지른 영진 아저씨 목소리는 귀에 들어오지 않고, 그저 대문 밖을 살피던 콩나물집 할매가 옆집에 사는 진배 할매와 눈이 마주치자, 아무 소리도 못 하고 뒷짐만 지었다 풀었다,를 반복했다.

"엄마! 올여름에는 더위 걱정 말고 빵빵 돌려보드라고. 나가 엄마 더위 묵을까 봐서리 걱정이 이만저만이 아니었으니께. 더위 묵고 자빠지믄 안 되잖어. 그니까 올여름부터는 더위 걱정 접어두고 이것 틀고 편히 살어. 알았지?"

콩나물집 할매는 짐짓 못마땅한 얼굴로 에어컨을 바라보면서, 상전 하나 모셔놓고 저승길도 못 나서겠다고, 부글부글 끓고 있는 속에 있는 말도 못 하고, 뒤꼍에 내려앉은 처마나 고치라고도 못 하고, 그저 이리저리 진배 할매 신발만 내려다봤다.

"오째 맘에 안 들어? 왜 그리 시큰둥이여?"

"뭐시?"

"내가 큰맴 먹고 엄니 더위 타지 마시라 사왔는디, 칭찬은 못 해줄 망정 오째, 낯빛이 구려?"

"구리긴 뭐시 구려?"

"구린 게 아니믄 뭐여? 속이 안 좋은 겨?"

"암 소리 말고 허던 거나 언능 혀."

진배 할매는 눈치 없이 갈 생각도 안 하고, 힐끔거리며 대문 안만 바라보고 있었다.

진즉에 에어컨 얘기를 했던 영진 아저씨 말을 코웃음 치며 뒤로 넘겼던 콩나물집 할매는 막상 에어컨이 들어오니 좋은 것보다 여간 불편한 것이 아니었다. 일단, 집하고 에어컨은 영 어울리지 않았다. 콩나물집 할매 저승 가면 금방 무너질 흙집이라고 그냥저냥 사는 데까지 살다가 가면 그만이라고, 고치는 것도 마다하고 살았다. 그런데 그런 집에 최신형 에어컨이 들어왔으니, 가구 짝에도 맞지 않는다는 말이 딱, 맞아떨어졌다.

"영진이가 들고 왔남?"

"잉."

"인자 노인정 안 가고 여그로 와야 쓰겄구먼."

대문 밖에 서 있던 진배 할매가 슬그머니 문턱을 넘어 들어와서는 속이 영 거시기한 콩나물집 할매를 살짝 건드렸다. 뒷짐 지고 영진 아저씨가 뭐 하나 슬쩍슬쩍 눈빛을 건네던 진배 할매가 얼굴 디밀고 들어오자 콩나물집 할매가 낫을 들고 뒤꼍 쪽으로 걸어갔다. 그리고는 화살나무 가지치기를 했다.

"엄마! 다 해 놨으니께 일루 와서리 한 번 틀어봐."

'차라리 돈을 주지, 왜 저런 걸 가져와서리 속을 뒤집나 물러' 영진이 아저씨 들릴 듯 말 듯 콩나물집 할매가 구시렁거리면서 걸어갔다. 이를 내내 지켜보고 있던 진배 할매가 영진이 아저씨를 크게 불렀다.

"아따, 큰아들이 역쉬 다르구먼. 오째, 이런 기특한 생각을 혔나 모르겄네."

"오셨어요? 아줌니도 더울 때 와서리 쉬었다 가셔유."

"암만, 노인정 갈 일이 읎겄구먼."

콩나물집 할매는 구시렁거리면서 영진 아저씨가 시키는 대로 에어컨 리모콘을 눌렀다.

"엄마, 암것도 만지지 말고 요 뺄건 것 누르고, 요것만 누르믄 돼. 다른 건 절대 누르지 말고 말여."

"당최, 몬 말인지 알아먹들 못 하겄네."

"아, 요거 허고, 요것만 누르라고. 오째, 그걸 물러."

"다 사부랑사부랑 써 있는디 어쩌라고 지랄이여?"

"뭐시 사부랑사부랑이여? 다 한글로 써 있는디?"

"옘병헐, 내 눈이 까막눈인디 여태 그걸 몰러서 지랄이여? 시방?"

콩나물집 할매가 스스로 까막눈이라고 냅다 소리를 치는 바람에 영진 아저씨는 꿔다 논 보릿자루마냥 아무 말도 못 하고 서 있었다. 뒤꼍으로 돌아서던 진배 할매가 헛기침을 두어 번 하더니 대문 밖으로 몸을 돌려 느릿느릿 나갔다. 이미 마음은 돌아가고, 고개 돌린 콩나물집 할매는 시커먼 얼굴이 더 시커메져서 씩씩거리고 있었다.

"뭐 땜시 사와서리 사램 오장육부를 뒤집고 지랄이여? 저거 틀믄 전기세는 워쩔 겨? 다달이 줄 겨? 그라믄 나가 아낌읎이 틀어불랑께. 오째, 사램이 물어보지도 않고 승질머리대로 지랄인 겨? 어릴 때부터 자각 못 체리고 지랄허더니 오째 나이 처묵을 대로 드셔놓고는 목소리만 커져서리 여그서 왕왕, 저그서 왕왕대고 말여, 그게 개새끼지 뭐여. 저런 거 말고 차라리 돈을 주믄 나가 쌀이라도 사 묵지."

목소리에 따발총을 달은 콩나물집 할매가 다다다 쏘아대는 통에, 어디 숨을 데 없는 영진 아저씨는 오롯이 서서 그 말 총알을 온몸으로 다 받아내고 있었다.

2부

구신헌티 홀린겨

— 느티나무

"아저씨는 뭐 팔러 나간신대유?"

"왔남? 우엉 좀 캤는디, 얼매나 받아야 쓸지 모르겄네."

"오디 봐유? 아따, 우엉이 실허내유. 근디, 영집이는 잘 있쥬?"

"맨날 논바닥에서 사는디 글씨 잘 있는지는 논만 알 겨."

"그류? 허긴 지두 마누라보단 열무허고 지내니께 속은 편허드라구유."

"그랴. 말 많은 마누라보단 말 읎는 열무가 좋지, 그나저나 날이 가물어서리 지대루 자라기는 혔남?"

"괜찮게 됐슈, 좀 내다 팔아볼까, 허구 몇 단 가지고 나가는디 팔릴라나 모르겄네유."

"버스 값은 나오겄지."

울사리에 사는 영집이네 할아버지가 담배 연기를 길게 뿜어내며, 안동네에 사는 석춘이 아저씨가 서로의 안부를 물었다.

새벽 댓바람부터 정류장을 두고, 울사리 동네 사람들과 안 동네 사람들이 한데 모여 첫차를 기다리고 있었다. 장날 오면 정류장이 잔칫집으로 바뀌었다. 일찌감치 나와서 먼저 버스 자리를 맡으려고 버스 서는 곳, 바로 앞에 쭈그리고 앉아 있기도 하고, 짐 보따리부터 앉아 있기도 했다. 장날이 오면 동네 사람들이 이것저것 요것조것 다 끌고 나와서리 시끌벅적하니, 커다란 느티나무 그림자를 만지작거렸다.

“누가 해장부터 나와서리 장 봐 간다고 이리들 빨리 나가는 겨? 먼저 가봤자 졸리기만 헐 텐디….”

물꼬 보러 나가던 경철이네 할아버지가 자전거를 세워두고 정류장에 들어섰다. 그러자 영집이네 할아버지가 피던 담배를 툭, 던졌다.

“왜? 팔 것 읎으니께 벨이 꼬이남?”

“늘그막에 편히 살지 뭐 허러 생고생을 혀? 살날이 얼매나 남았다구 허리 부러지게 땅 파서 이고 나가는 겨? 조금 있으믄 병풍 뒤에 있게 생겼는디."

"자네는 벼농사 져서 잘도 팔아먹더구먼. 늘그막에 편히 살지 뭐허러 생고생을 허고 그려? 조금 있으믄 병풍 뒤에 있게 생겼는디."

두 분의 대화에 옆에 서 있던 석춘이 아저씨가 얼마 남지 않은 머리카락을 쓰다듬으며 소리 없이 웃었다.

버스가 철도 건널목을 건너 들어오는 모습에 흩어져 있던 동네 사람들이 하나둘 줄을 서기 시작했다. 누가 먼저랄 것도 없이 짐을 들고 일어섰다. 그렇게 첫차에 올라탄 사람은 족히 이십 명은 넘는 것 같았다. 먼저 버스에 오른 사람들은 앞 좌석에 앉았다. 영집이네 할아버지는 후딱, 올라 버스 기사 바로 뒷좌석에 앉았고, 석춘이 아저씨, 춘석이네 할머니와 몇몇 동네 할머니는 맨 뒷좌석에 앉았다. 꽉 찬 버스가 덜컹거리며 돌아 들어왔던 철도 건널목을 향해 천천히 움직였다. 그런데 갑자기 건널목 차단기가 땡땡땡, 내려오고 있었다.

……

경찰의 얘기와 그 장면을 목격했던 사람들의 이야기는 끊임없이 부풀려 나왔다. 정확한 얘기를 해줄 사람들은 모두 병원에 있었고,

돌아가신 분들은 말씀이 없으셨다.

그 버스에는 대부분 노인분들이 타고 계셨다. 버스를 타지 않은 경철이네 할아버지는 논에 가다가 쾅, 소리에 놀라 뒤돌아봤는데 글쎄 기차가 버스의 중간을 받아 한참을 달렸다고 했다. 순간, 정신이 달아났다가 돌아오기까지 얼마 걸리지 않았지만, 온몸이 떨려서 아무것도 귀에 들어오지 않았다고 했다. 왜, 무슨 일로 버스가 기차와 충돌했는지 모르겠다는 이야기만 계속해댔다. 그러고는 한동안 집 안에서 나오지 않으셨다.

춘석이네 할머니가 정신이 돌아오자마자 눈을 뜨고는 바로 소리를 지르는 바람에 그 옆에 서 있던 사람들이 놀라서 한동안 말을 붙이지 못했다고 했다. 그렇게 춘석이네 할머니가 병원에 입원한 지 한 달 만에 휠체어 타고 나와서 하시는 말씀으로 그날의 그 사고가 어찌 일어나게 되었는지 알 수 있었다.

"구신헌티 홀린 겨. 홀려도 단단히 홀린 겨. 그렇지 않구서는 이것은 말이 안 된다니께…. 지금도 가슴이 떨려서리 자다가도 벌떡벌떡 일어난다니께…. 글씨, 여그저그서 기차 온다고 소리를 지르고, 옷을 잡아당겼는디도 꼼짝을 안 허드라고. 미친 거지. 귀에 암 소리도 안 들리는 거 같드라고. 거시기 옆에 있던 석춘이가 막 가서는 운전사를 붙잡고 멈추라고 소리를 지르는데도 가만히 있더라구. 구신헌티 홀린 겨. 분명혀…. '서요~ 기차 와요' 소리 지르는 순간에 기차가 버스를 받아버린 겨. 몸이 붕, 뜨는디 이제 죽었구나, 내 새끼들헌티 잘 있으라는 말도 못 혔는디 오쩌나, 이런 생각이 갑작스레 들더라니께. 참말로 꿈꾸다가 인난 거 같어. 그때 생각만 허믄 눈물이 나고, 석춘이가 죽은 것도 내 탓 같고…. 내가 그때 잡았더라믄 안 죽을 수도 있었잖어…. 에휴, 여즉도 구심 먹어야 이놈에 심장이 잠잠해지는디…."

춘석이네 할머니 얘기에 모두 귀신한테 홀린 것이 맞다고, 저승사자들이 수십 명은 왔었을 것이라고, 노인정에 모인 사람들이 느티나무에 앉은 참새들처럼 수군거렸다.

그 사고로 석춘이 아저씨, 영집이네 할아버지를 비롯해서 열다섯 분이 돌아가셨다. 다행히 버스 뒤에 탄 분들은 살았지만, 그마저도 산 것이 아니었다. 지금에야 돌아가신 분들이지만, 그 당시 그 버스 안의 참혹한 광경을 봤으니, 몸은 나았다지만 심리적으로 겪는 고통은 이만저만이 아니었다. 집 밖으로 못 나오시는 분, 차를 못 타시는 분, 술만 마시는 분, 건널목에 서서 내내 울기만 하시는 분 등 정말 보기 힘든 장면들이 눈 가득 흘렀다.

건널목이 정확하게 보이는 곳에 서 있는 느티나무. 참으로 오랜 시간 동안 볼 것, 못 볼 것, 이것저것 참아내며 살아야 했던 시간을 그늘처럼 짊어지고, 깊은 눈물의 강을 건너가는 망자에 대한 예의였는지, 그해는 가을이 가기도 전에 잎이 빨리 져버렸다.

한편, 경철이네 할아버지는 정류장에서 만난 영집이네 할아버지한테 한 말이 가슴에 남아서 내내 힘들어하시다가, 하루는 영집이네 할아버지 산소에 가서 술 한잔 주며, 미안하다고 괜스레 그런 말을 해서리 미안하다고, 내내 사죄했다는 말을 들었다.

20년이 다 되어간다. 지금은 건널목도 없어지고, 버스 사고에 목숨을 부지한 어른들도 돌아가셨다. 가는 세월 잡을 수 없지만, 내 어릴 적 있었던 건널목 버스 사고로 혼자가 되신 읍장님네 할머니는 아직도 별을 디디며 밤하늘을 걷고 계신다. 늘 무사해도 무사한 것이 아닌 세상이 되어버린 지금.

나이야가라 클럽?

— 상수리나무

'오~~늘도~~오 걷는다마~~아~~는 정처 없~~~는 이 바알~~~~~~~길'

새도 높이 날고, 바람도 좋고, 뒷간 옆에 있는 상수리나무 이파리 쓰는 소리에 그저 콧노래가 샤방샤방 터져 나오는 김선달 아저씨. 봉이는 어디로 가고 김선달만 남았는지, 하루가 멀다 하고 말 못 하는 마누라 속이며, 아싸라비아~ 싸라싸라~ 발바닥 비비며 다니는 곳이 있었으니, 그곳이 바로 나이아가라 클럽이었다.

캐나다에 있는 나이아가라폭포도 울고 간다는 나이아가라 클럽은 중년 아저씨, 아줌마들이 찾는 곳인데, 중년이라 하면 60세 이상이니 50세는 아그들이라 들어가지 못한다고 한다. 뭐 그렇게 따진다면, 나는 응애응애 아기란 얘기다. 지나가다가 쿵쾅거리는 음악 소리에 문 열고 들여다본 적은 있지만, 진한 땀 냄새가 훅, 하고 달려와 껴안는 바람에 깜짝 놀라 뒤돌아섰던 기억이 흐물거린다.

동네방네 소리 소문 없이 돌아다니는 것이 김선달 아저씨의 춤바람인데, 그 춤이 어찌나 물 찬 제비 같은지, 저짝 동네 과부들의 손이 왔다리 갔다리 했다는 소리 소문이 발을 달고 여기저기 달려 다녔다.

그런데도 김선달 아내는 손가락 하나 까닥하는 것 없이 때 되면 밥도 주고, 아프면 약도 주고, 자갈 많은 감자밭 일에, 밤마다 반주로 술까지 대령하니, 이보다 더한 지극정성이 어디에 있을까.

그렇게 일하다 보니 김선달 아내는 허리가 구부러졌다. 빼짝 마른 몸이니 뱃심은 줄래야 줄 수가 없고, 척추 이상으로 반듯이 걷다가 보면 자연스럽게 앞으로 구부러진다. 늘 땅바닥만 보고 다니다가 어쩌다 한 번, 하늘 쳐다볼라치면 온 힘을 중심으로 모은다는데, 구부러진 허리 한 번 펴는 일이 가장 힘든 일인 것처럼 벽 짚고 내내 신음을 더해 놓았다.

"앗싸~ 좋아부러."

"좋긴 뭐가 그리 좋아서 댓바람부터 울랄라여?"

"오디 가남?"

"논이…. 근디, 제수씨는 오디 간 겨? 안 보이는디?"

"개헌티 물려서 병원에 있어."

"오찌게 허믄 개헌티 물리남?"

"개밥 주러 갔다가 물렸는디, 지랄병 주사를 안 맞은 개라 혹시 몰라서리 병원 보냈지."

"오째, 제수씨가 개밥을 먹은 겨?"

"염병할 소리 허고 자빠졌네."

"그라믄 왜 그 참한 순진이가 물어? 넘이 와도 잘 짖지도 않는 개가 왜 물어? 혹시, 제수씨가 순진이를 문 겨?"

"왜 해장부터 와서 지랄이여? 언능 가보라고."

"나는 말여, 이제 다 알아부렀어."

"뭐시?"

"자네가 해장부터 왜 털 빠진 개새끼맹키로 방방 뛰는지."

"이런 씨부랄 것을 아침 댓바람부터 보네. 내가 개새끼여? 시방 개새끼헌티 물려볼 겨?"

"개새끼헌티 물린 건 제수씨고."

"오늘 왜 이 지랄을 허는지 당최 모르겄네."

"거, 접때 읍내에 새로 생긴 거시기 땜시 그러잖어."

"니가 오치게 알어?"

"나가 왜 물러? 접때 봤는디."

“접때 온제? 몇 시? 몇 분? 몇 초?”

“아따, 꼭 아그들맹키로 혀야 쓰남? 허긴, 얼라니께 그리 비비고 돌아다니지 얼라가 아니믄 절대 돌아다닐 일이 읎지.”

“그려, 나 얼라다. 그럼 니도 얼라 아녀? 나 봤다믄 느도 왔다는 야근디 그라믄 느도 얼라 아녀? 씨벌 눔…, 나보다 불알도 작은 새끼가 해장부터 와서리 지랄을 허고 있어.”

“왜 여그서 불알 야그가 나오남?”

“니는 찌끄만 헐 때부터 내 불알헌티는 대도 못 혔으믄서 왜 매사 갖다 대길 갖다 대는 겨? 잉? 나가 나이야가라에서 궁댕이를 흔들든, 불알을 흔들든, 넘의 여편네 손잡고 짠짜라를 추든, 뭔 상관이여? 나가 느헌테 밥을 달라 혔어, 아니믄 돈을 달라고 혔어? 왜 암 때나 와서리 속에 불을 지르냐고?”

“나이야가라가 뭐여? 나이아가라지. 암것도 모르는 건 지믄서 입에 버큼 물고 지랄허네.”

한참을 실랑이가 붙어 입씨름이 몸 씨름으로 가기 직전, 동준 할매 집 발바리가 달려와 정씨 아저씨 바지를 물고 늘어졌다. 그러자 깜짝 놀란 정씨 아저씨가 발바리를 떼어내면서 욕을 퍼부었다. 그 장면을 지켜보던 김선달 아저씨는 껄껄껄 웃으면서 엿 먹으라는 듯이 쑥떡을 날리며 집으로 들어가버렸다.

김선달 아저씨는 교통사고로 고등학교에 다니던 외동딸을 잃었다. 김선달 아저씨가 밖으로만 돌 때, 아줌마는 말문을 닫아버렸다. 그 세월이 10년이 넘었으니, 찾아올 말이 길을 잃어버리고 방황하고 있을 것이다. 하지만, 혹시 모르는 일이다. 이미 트인 말문을 스스로 막고 있는지도.

외동딸 키울 때는 춤이 뭔지 모르고 살았던 김선달 아저씨. 그저 처자식에게 온 힘을 기울이고, 일도 열심히 하며 살았다. 그런데 학원을 다녀오던 딸이 음주 차량에 치여 눈앞에서 무너지던 날, 김선달 아저씨도 무너졌다. 어둠을 싫어했던 딸을 데리러 갔다가 당신 눈앞에서 봤으니 환장한 속이 가만 있을까. 10년 세월이 그냥 세월이 아니라 환장하는 세월이었다. 가을밤 양철 지붕을 툭, 툭 건드리며 떨어지던 상수리가 가슴에 박힌 아픈 별이었으니.

김선달 아내는 병원으로 가고, 김선달 아저씨는 옷을 삐까뻔쩍하게 입고 나이아가라 클럽으로 간다. 그곳에 가면 나이가 무슨 소용 있을까. 음악에 몸을 내주고 환장했던 속을 달래면, 웃으며 울며 가던 길 끝에 속을 시원하게 푸는 나이아가라 폭포가 있을지도 모를 일이다.

낭만도 모르는가베?

— 딱총나무 (접골목)

오월이라 하여, 온 천지가 초록이 동하여 파닥파닥 날갯짓하며 하늘을 물들여 아, 그대의 오월은 아직도 푸르른가, 하고 묻고 싶다만, 불러도 대답하지 않는 그대는 도대체 어디에 있는가?

낭만이 온몸을 휘감은 채로 여름 별도 그저 아름답기만 하다는 재만이 아저씨는 송이버섯을 따면서 늘 바람 같은 말만 계속 중얼거렸다. 낮이건 밤이건 버섯꽃이 남모르게 피는 새벽에는 낭만적 중얼거림이 달빛을 따라 은하수 끄트머리에서 끊임없이 이어졌다.

"한밤에 달빛으로 핀 소쩍새 울음소리가 서글프구나. 나는 어디에 있고, 너는 어디에 있느냐…. 보이는 것이 온통 어둠에 휩싸여 있구나."

"지랄허고 자빠졌네. 해가 중천인디 오디서 달빛 타령이여. 아, 그 놈의 구신 씻나락 까묵는 소리 좀 고만 혀. 아주 맨날 염불만 하고 앉아 있으니… 가라는 장가는 물 건너가게 하고, 죙일 앉아서 그놈에 사랑 타령만 하고… 느놈은 엄니 귓구녕 걱정은 안 허는 겨?"

"하늘이 퍼런 바다맹키로 참말로 좋구만."

"모가 좋아? 오째 하늘이 바다여? 그게 말이여? 똥이여? 오디서 그지 발싸개 같은 소리만 지껄이구 앉았나 모르겄네. 그라구 시방 느는 바다 얘기가 그리 쉽게 나오는 겨? 나는 진저리가 쳐지는구만."

"바람이 철썩이는 게 참말로 좋구만."

"지랄 염병하고 자빠졌네. 저러니 누가 좋다고 두 손 번쩍 들고 달려올 겨. 썩을 눔, 지 나이가 무신 나무젓가락인 줄 아나, 오째 저리 넋 빠지는 소리를 암시랑토 않게 던지나 모르 것당께."

"엄니는 낭만도 모르는가 배."

"낭만 같은 소릴 허고 자빠졌네. 낭만이 밥을 주냐? 아니믄 돈을 주냐? 아니믄 며느리를 주냐? 오째 가구 짝에도 맞지 않는 얘기를 입술에 침 발라가믄서 허는지 모르겄네."

"아, 참말로 바람이 살결을 쓰다듬네."

"별 지랄을 다 허네. 시끄런 소리 작작 허고 가서 거시기 냄새나는 잎싹 좀 뜯어와. 저번처럼 가지 통째로 끊어오지 말고 말여. 오째 내 속으로 뺀 새낀디 저 지랄로 별종인가 모르겄네."

“엄니는 냄새나는 게 뭐여. 좀 곱게 이름을 불러주믄 안 되남? 시상에 이름 읎는 게 읎는디 오째 그려. 나긋나긋허게 딱총나무라고 허믄 좋잖어.”

“염병헐, 따발총 나무다!”

재만이 아저씨와 동글이 할매는 언제나처럼 햇살을 궁글리는 대화를 했다. 어느 곳으로 튈지 모르는 재만이 아저씨의 낭만적인 말과, 핵심만 제대로 꽂는 중심 탈환의 달인인 동글이 할매의 거침없는 대화 속에서 언제나 발발 떨고 있는 것은 쬐깐 강아지 발발이뿐이었다.

아침부터 까치가 울어대더니 반가운 손님은커녕 개미 새끼 한 마리 돌아다니지 않는 산골짜기에 발발이 짖는 소리가 울려 퍼졌다. 하늘은 파래서 때리기 딱, 좋은 날. 하여, 그 푸른 하늘에 돌멩이라도 던지고 싶은 날.

동글이 할매는 아침부터 장날에 내다 팔 나물과 모종을 정리하고 있었다. 그 옆에서 담배 한 대 물고 발발이와 얘기하는 재만이 아저씨는 늘 밝았고, 늘 깊었으며, 늘 그렇게 늙어가고 있는 중이다.

재만이 아저씨가 왼손을 잃고 집으로 돌아오던 날도 하늘이 쨍, 했다. 쨍, 하다 못해서 바람도 참말로 좋았다.

제주도에서 멸치잡이 배를 탄 재만이 아저씨. 돈도 꽤나 많이 벌었다는데, 멸치 많이 잡게 해달라고 풍어제 하던 날 무당과 함께 같이 펄펄 뛰었다는데, 어찌된 영문이지 왼손 그림자 없는 몸만 데리고 집에 돌아왔다.

제주도에 아내와 아들이 있다는 이야기도 있고, 재만이 아저씨만 두고 둘이 집을 나갔다는 이야기도 있다. 재만이 아저씨 배 타고 나갔다가 손 잃고 돌아온 날, 그날로 가방 싸 들고 집을 나갔다는 이야기도 있다. 그런데 동글이 할매는 갈 길 잃고 돌아다니는 당신 자식 얘기를 들었을 법한데도 믿으려 하지 않았다. 다른 사람 말보다 자식새끼 말을 더 믿는다며, 이리 꼬시고 저리 꼬셔도 재만이 아저씨 입에서는 그 어떠한 말도 나오지 않았다.

"엄마! 엄마도 같이 가믄 좋겄는디… 오째, 혼자 궁시렁거리고 있을 겨?"

"느만큼 궁시렁거리는 사램이 오디 있다고 그려? 헌디, 뭣 허러?"

"같이 가믄 얘기도 허고, 바람도 타고 좋잖어?"

"씨부랄, 탈것이 읎어서 바람을 타남? 저짝에 어버버버 벙어리는 오디서 데려왔나 여자 하나 데려와서리 배 탄다더만, 느놈은 탈것이 읎어서리 바람을 타고 지랄인 겨?"

"이 산이라고 배가 읎겄어? 암만, 배가 있지. 저 구름도 배요, 저 나무도 배지…. 이제 엄니도 낭만을 아는구만."

"오째, 말귀가 미역귀여? 시방 그 배가 그 배냐?"

"오째 엄니는 그리 야시런 얘기를 암시랑토 않게 허나 모르겄네."

"내 나이가 몇 갠디 가려서 혀?"

"허긴, 엄마도 나이 고개 넘은 지가 수십 년은 됐지…. 근디, 참말로 같이 안 갈껴?"

"낼이 장날인디 오덜 가? 언능 가서 잎새기나 따 와! 옆에서 사부작사부작거리지 좀 말고."

끄냉이로 엮은 푸대를 허리에 차고 뒷짐을 지자 발발이가 발발거리며 먼저 산에 올라갔다. 강아지풀을 끊어 입에 문, 재만이 아저씨의 콧노래가 살랑거리며 소매 속을 들락날락했다.

"에휴, 저놈을 어째야 하는지…. 내가 모르는 줄 알지? 모르긴 내가 왜 물러. 내가 내 뱃속으로 뺀 새낀디, 오째 속 미어터지는 걸 모르겄어. 마누라와 새끼가 넘헌티 가버리고, 저 속이 까맣게 탔을 겨, 암만. 에휴… 언능 잊고 살어야 하는디… 저걸 어째…."

동글이 할매 눈물 섞인 한숨 소리와 함께 수탉도 때 놓치고 울고, 돼지도 꿀꿀꿀 울고, 때까치도 울고 가는 날이다.

내 마음이 그랬어, 암만

— 흰 무궁화꽃

“막둥이 죽으믄 사과 궤짝에다가 넣어 묻으려고, 느 아배가 머리 맡에다가 놨다는 거 아녀. 그것만 있었남. 하얀 광목 끊어다가 탯줄 허고 넣어놨었지. 지금도 그때 생각만 허믄 가슴이 벌렁벌렁거려야. 참말로 병줄 놓고 저리 아웅다웅 사는 것 보믄 나가 정말 감사하다 니께.”

“앞산이 옆 산 되고, 뒷산이 앞산 된 지가 온젠디 그려? 헌 애기 또 허고, 헌 애기 또 허고. 입에서 군내는 안 나는 겨? 나 같으믄 군내에 시큼털털한 냄새꺼정 쌍으로 나겄구만.”

“느년은 그게 문제여.”

“내가 뭘?”

“기냥 들어주믄 속이 꼬이는 겨? 잉? 오째, 내 속 아픈 얘기헐 때마다 토를 다는 겨? 접때 통화허는 거 들어보니께 넘 야그는 잘도 들어주더구먼. 오째, 지 엄니가 얘기허는 건 들어줄 생각을 안 허는 겨? 니미, 내가 넘들보단 못 헌 게 뭐여? 느년 가랑이서 빼느라 저승 문턱에 걸려 돌아왔는디…. 느년은 뭐가 그리 아니꼽아서리 속지랄을 허는 겨?"

"알았어. 암 말 안 할 테니께 혀봐. 낼 아침까정 들어줄게."

"버스 떠난 지가 온젠디 손 흔들고 지랄이여? 관둬. 나도 거시기, 거… 존심이라는 것이 있으니께."

"보이지도 않는 존심 가지고 승질내지 말고 어여, 예쁘지?"

"저런, 저, 주렬년 좀 보게. 아주 지 엄니를 시소를 태우는구먼. 오르락내리락허니 머리만 어질어 죽겄네."

김영자 여사의 70년 역사를 보자면, 뭐, 그때 그 시절, 그 고통 겪지 않고 온 분들이 없다는 거. 하지만 김영자 여사의 삶은 오로지 김영자 여사 거라는 거. 하여, 그 대단한 삶은 가끔은 부풀리고, 부풀려서 빵빵하게 부풀려지다가 빵~ 터진다는 거. 터지는 소리에 깜짝 놀랐다가도 예상하지 못한 곳에서 나도 같이 있었다,라는 기가 막힌 한 장의 사진이 떡, 하니 벽에 걸려 있다. 그 사진 속에는 돌아보고 싶지 않은, 그러나 돌아보면 그만큼 재미있게 지냈던 시간이 없었던 것들이 고스란히 들어 있다.

이 집 저 집 탁발하러 다니는 스님 한마디에 겁이 나서 낳은 막둥이. 그래도 미심쩍었는지 없는 돈, 있는 돈 긁어 용하다는 점쟁이를 찾았다가 들은 그 한마디가 맞아떨어졌으니, 김영자 여사는 똥구멍 찢어지게 가난한 삶이 지긋지긋해 몰래 집을 나가려 했던 마음을 접고 막둥이를 낳았다.

스님과 믿지 못할, 그러나 믿을 수밖에 없는 점쟁이의 알쏭달쏭 말 한마디의 힘이 대주의 손바닥에 생명선을 연장했다는 것이다.

"대주가 단명할 상인디… 배 속에 있는 아이가 대주 생명을 연장해 주는디, 오째 그래도 그 아이를 지울라고요? 잘 생각해보시오. 뭣이 소중헌지…. 지금 당장 싫다고 떠나믄 당신 삶에는 암것도 읎으니께 기냥 살어보는 것도 좋은디…. 살다 보믄 바늘구녕만 한 빛이 보일 테니께…."

한 사람도 아니고 두 사람이 똑같은 소리를 하니, 김영자 여사는 이러지도 저러지도 못하고, 한 사람 구한다는 생각에 막둥이를 낳았다고. 헌데, 목숨 연장 값이 이리도 비싼 것이었던가. 대주가 처음 쓰러진 나이가 쉰여섯이었고, 다시 쓰러져 저승길 밟은 건 딱 십 년 뒤인 예순여섯이었다. 그러니까 저승에 계신 그분으로부터 십 년을 이어받아 살다 가셨다.

그렇게 밝은 세상 환한 빛을 단칸방 구석에서 본 막둥이를 뒤로하고, 엄마가 배 아프다고 소리를 지를 때마다, 방문 밖에 서 있던 두 남매는 일곱 시간 동안 까스명수를 사다주겠다고 꺼익꺼익 울었다.

단명할 대주 운을 이어주겠다고 막둥이는 크는 내내 아팠다. 정확히 어디가 아픈 것은 아니었다. 병줄을 놓은 것은 십 대가 지나고 나서였다.

배고파서인지, 아니면 똥 쌌다고 우는 것인지 울다가, 울다가 자기 성질에 못 이겨 뒤로 넘어가기 일쑤였고, 자기 묻힐 관인 줄도 모르고 사과 궤짝 모서리에 앞숫구멍이 눌려 엄니의 발바닥에 불이 나게 병원으로 뛰게 했다. 그뿐이면 좋았을 것을 감기가 들면 다른 아이들보다 아주 오래갔다. 이래저래 타고난 팔자가 그런 것을 누구를 탓할 수가 없었다.

친가의 귀여움도 못 받고, 이래저래 엄니 가슴 안팎을 후벼 팠던 막둥이와 엄니가 이 세상 살아 무엇 하겠느냐며, 물살 헤치며 천천히 들어갔던 충라저수지. 물속에 자리 잡고 미친년처럼 흩날리던 수양버들 아래서 밖으로 나가기 싫다는 모자를 데리고 나온 건 대주였다.

하여튼 동네 이야기까지 꺼내자면 어째 충라저수지 한 번 안 간 분들이 없을 것이다. 죄다 눈물을 머금고 저수지 끄트머리 밟아 저승

길 가려 했다는 이야기가 분분한데, 아무 죄도 없는 엄한 저수지만 햇살에 반짝반짝 빛날 뿐이다.

김영자 여사는 백일해를 앓는 막둥이 살리자고, 이 산 저 산, 앞산 뒷산까지 돌아다니며 흰 무궁화꽃을 찾으러 다녔다. 지금에야 뒤돌아보면 흰 무궁화꽃이 천지이지만, 그때는 그 흔한 것이 귀한 것이라, 황금 눈을 해야만 한두 개 보일까, 말까였다.

흰 무궁화꽃이 백일해에 좋다는 얘기에 네 발 내 발 할 것 없이 버선발로 달려 다니고, 가시밭길에 자빠지고, 개똥밭에 뒹굴고, 무궁화만 있다는 곳이면 어디든지 달려간 김영자 여사.

흰 무궁화 꽃봉오리째 가져와 밤낮없이 달여 먹이면서 흘린 눈물이 다천천을 이뤘을 것이라는, 말은 되는데 말이 안 되는 것 같은 고릿적 이야기에 그려, 그려, 암만, 그랬겠지…. 먼 산에 눈을 걸쳐두고, 귓등으로 들었다가, 된밥에 쉰밥까지 침 튀기며, 힘차게 뒤통수로 얻어먹었다.

내가 말여, 왕년에는

— 등나무

바람이 불면 등꽃이 환해져서 더욱 쓸쓸한 '등거리집'. 지금은 도로 공사로 언제 없어질지도 모르는 집. 쓰러져가는 집처럼 바래가는 건 귀퉁이 나간 지 오래된 간판뿐이다.

등을 걸어놓고, 첫차부터 막차까지 떠나보내는 곳. 떠난 사람은 돌아오라고, 잊지 말라고, 사람 마음으로 걸어놓은 곳. 해서, 등거리집이다. 등거리집은 밤새 처마 밑에 등을 걸어놓고 있는데, 아침이면 담배꽁초가 여기저기 널려 있어서 그 쓸쓸함이 더해지기도 했다.

"여즉 문 열었남? 막차 떠난 지가 온젠디 언능 문 닫지 이리 열어 놓으믄 도둑놈만 꿴다니께."

"그럼, 자네가 도둑놈인감?"

"뭔 소리여? 나가 한때는 장바닥을 쓰는 싹쓸이였다지만, 거시기 큰집 갔다 온 뒤로는 비누로 손도 깨깟이 씻었는디 뭔 소리여?"

"하여튼 자네는 농을 던지믄 받지를 못혀. 오째 그렇게 귓구녕이 그 모냥이여. 개새끼 귓구녕보다도 못 허니 참말로 말을 섞어 먹을 수가 있어야지."

"잔말 말고 소주 줘봐."

"작작 마셔. 그러다가 골로 가는 건 식은 죽 먹기니께."

"걱정하덜덜 말어. 가도 나가 갈 테니께 자네는 소주나 줘봐."

"앵간허믄 작작 마셔. 건강도 한철이여."

정재비 아저씨는 왕년에, 그러니까 정말 왕년에는 장날마다 장바닥을 싹쓸이하는 쓰리꾼이었다. 어찌나 손이 빨랐는지 오른손에는 지갑이, 왼손에는 빤쓰가 들려 있을 정도였다고 하니, 실로 놀라울 따름이다.

왕년에, 그래, 왕년에 힘센 장사 아닌 사람 없었다. 왕년에 집 안에 금두꺼비 없는 사람 없었다. 그러나 왜 전부 왕년으로 끝나버린 것인지…. 울 아버지도 왕년에는 목에 빨간 마후라를 날리며 산을 홍길동처럼 날아다녔다는데, 왜 그런 모습은 한 번도 보여주지 못하고, 고동 속 발라내는 이쑤시개의 따가운 아픔만 주고 가셨는지…. 할아버지, 아버지가 부자였으나 지금의 나는 그저 하루 벌어 하루 쓰기에도 바쁜 정도로 끝나버리는 삶이 곳곳에 깔렸다.

왕년에 등거리집은 사람들로 붐볐다. 버스의 종착점이면서 완성리 마을의 주막이었다. 늘 왁자지껄하였고, 노랫가락이 끊이지 않고 흘러 다녔으며, 술 마시고 우는 장소도, 토하는 장소도, 모든 약속 장소가 등거리집이었다. '한 많은 이 세상 야속한 님'이 버스 타고 떠난 곳도, 집 나간 지 10년 만에 동우 할매 딸이 휘청거리며 돌아가는 길목에 등거리집이 있었다.

정재비 아저씨의 부인은 서울에서 돈 많은 집안의 외동딸이었다. 정재비 아저씨의 외모가 그닥 훌륭한 분도 아닌데, 도대체 어디에 끌렸는지 알 수가 없었다. 뭐, 남자한테 끌리는 게 어디 딱, 잡아 여기다,는 없는 것이니, 분명 어딘가는 남자로서의 멋진 모습이 있을 거라는 생각을 던져본다.

정재비 아저씨의 부인은 어디서 벌어오는지 모르는 남편의 돈으로 5년 정도 살다가, 소리 소문 없이 막차로 등거리집 앞에서 떠났다. 그 시간 정재비 아저씨는 등거리집 안에서 고도리가 날아다니는 화투를 치고 있었다. 코앞에서 부인을 놓쳤으니 뭐라 딱히, 할 말을 찾을 수가 있을까.

자식새끼라도 있었으면 좋았을 것을, 5년 내내 일을 치르고, 곡을 하고, 베개 속에 부적도 넣었으며, 자식 많이 낳았다는 어느 별나라 아줌마의 빤스까지 입었다. 그렇게 별의별 짓을 다해봐도 아이는 들어서지 않았다. 정재비 아저씨 부인은 소리 없이 울다가 떠났다.

그날부터 쓰리꾼은 원, 투, 쓰리를 놓았고, 장날이 돌아오면 다른 쓰리꾼이 장바닥을 휩쓸었다.

정재비 아저씨는 소주에 눈물을 말아 먹었으나, 떠난 아내는 소식이 없었다. 정재비 아저씨는 맥주에 소주를 말아 먹었으나, 떠난 아내의 빈자리는 어둠만 가득한 채, 개 짖는 소리가 멍멍 돌았다.

"시끄러! 이 씨벌 눔이 왜 짖고 난리여?"

당장에라도 일어나 이빨을 하얗게 드러내고 짖는 씨벌 눔이 아니라 씨벌 년인 누룽지를 발로 차버릴 것 같은 정재비 아저씨 목소리가 논바닥에 뒹굴었다. 이미 술에 취할 대로 취한 정재비 아저씨가 방문을 박차고 일어나 맨발로 휘청거리며 새벽길을 나섰다.

"니들이 인생을 알어? 씨벌~ 나도 왕년에는… 끄웩… 나도 왕년에는… 장바닥을 휩쓸었다고. 끄웩…."

그래, 나도 왕년에 한여름에 밭에 나가 풀을 뽑고도 쓰러지지 않았다. 그래, 나도 왕년에는 나이트클럽에 놀러 가서 남의 눈치 안 보고 드럽게 못 추는 춤을 막 추면서 미친년 널뛰듯이 웃으며 뛰었다. 그러나 지금은 한여름에 나가 풀도 뽑지 못할 정도의 저혈압이 한랭전선을 타고 머리를 넘나든다. 그리고 지금은 나이트클럽이 어디에 있는지조차 모른다.

누구에게나 왕년은 있다. 정재비 아저씨의 한 많은 인생 같은 삶도 부지기수로 많이 있다. 어느 날처럼 정재비 아저씨의 발길은 등거리집으로 향하고, 등거리집을 감싸고 있는 등나무의 등꽃은 바람에 불밝히며 흔들리고 있다.

"나도 왕년에는 말여, 씨벌…"

3부

봄날은 그렇게 가고

— 살구나무 1

분희 아줌마가 고운이 손잡고 이사 오던 날, 비가 무섭게 쏟아졌다. 비 내리는 날 이사를 하면 부자가 된다는데, 좀 친해져볼 요량으로 분희 아줌마네 집 문턱을 여러 번 넘나들었다.

창희 아저씨가 운영해온 서점이 자금난으로 부도를 맞게 생겨 큰 서점에 헐값으로 넘겼다는 이야기를 할 때, 분희 아줌마는 툭, 건드리면 눈물이 터질 것 같은 얼굴로 고운이를 바라봤다.

도시 생활에 지칠 대로 지친 창희 아저씨는 서점에 자주 오던 손님이 소개한 우리 마을로 이사 오게 되었다. 마을도 아담하고 산세도 좋아 창희 아저씨와 분희 아줌마는 흐뭇해했다. 그러나 빈집을 얻어 몇 군데 수리해서 들어오긴 했지만, 마을 사람들은 자신의 구역에 들어오는 것을 달가워하지 않았다. 오래전부터 터 닦고 살아온 사람들이라 새로운 사람이 들어오면 부정이라도 탈까 봐 내심 걱정을 했다.

분희 아줌마는 고운이 손을 잡고, 마을 사람들과 친해지기 위해 날마다 집집이 인사를 다녔다. 고염나뭇집 할매는 인사를 해도 잘 받지 않았다. 다섯 살배기 손녀와 둘이 사는 앵두나뭇집 할매는 얼굴도 내밀지 않고, 인사를 받았다. 창숙이네 아저씨, 종기네 아줌마, 구돌이 아저씨, 마을 아이들까지 분희 아줌마를 멀리했다. 그러나 대나뭇집 할매는 달랐다. 어떻게 알았는지 먼저 문밖에 나와 분희 아줌마와 고운이를 맞이했다. 그리고는 분희 아줌마 손에 보리 순을 들려 보냈다.

그렇게 얼마 지나지 않아 거짓말처럼 마을 사람들이 돌아서게 되었다. 잠깐 사이에 분희 아줌마와 창희 아저씨가 모르는 일이 일어난 것처럼 순식간에 마을 사람들 표정이 달라졌다.

"거, 있남?"

창희 아저씨는 구돌이 아저씨가 퉁명스럽게 내뱉는 말에 깜짝 놀라 귀로 주워 담기가 어려웠다.

먼저 집에 찾아와 인사를 건넨 것은 구돌이 아저씨였다. 분희 아줌마와 창희 아저씨는 동시에 서로의 얼굴을 바라봤다.

"그동안 내가 바빠서 인사도 못 했네."

"아, 네…"

"무슨 문제 있으면 말혀."

"아, 네."

"근디, 자네는 뭐 해 먹고 살겨?"

책만 팔아먹고 살아온 사람이 무슨 일을 할까. 창희 아저씨는 구돌이 아저씨 질문에 머리를 한 대 맞은 것 같았다. 몇 년 동안 농사를 이론으로만 배웠으니, 딱히 무엇을 해야겠다는 생각은 하지 못했다. 이곳에 들어오면 무슨 일이든 있을 거라는 막연함이 있었다.

"무슨 생각인지 모르겄지만, 풀 뜯어 먹고살 것 아니믄 품이라도 팔어. 동네에 일손 부족한 사램들 투성이니께."

도무지 알 수 없는 구돌이 아저씨의 행동에 창희 아저씨는 어리둥절했다. 헛기침에 뒷짐 쥐고 나가는 구돌이 아저씨를 멀뚱거리며 바라보다가, 창희 아저씨가 엉겁결에 주춤거리며 인사를 했다.

분희 아줌마와 창희 아저씨는 그렇게 인사를 해도 받지 않던 사람들이 하나둘씩 오며 가며, 집 안팎을 둘러보고 인사를 건네는 것이 이상스러웠다. 그러면서도 구돌이 아저씨 얘기가 밤새 머릿속에서 떠나지 않았다. 무엇을 해 먹고살까.

4월인데도 날이 추웠다. 다행히 고운이가 적응을 잘해서 마음이 놓인 창희 아저씨는 산책을 할 때마다 고운이 손을 잡고 걸었다. 일곱 살이라 하기에는 철이 일찍 들어버린 고운이를 볼 때마다 창희 아저씨는 가슴 아파했다. 늘 몸살이를 하는 분희 아줌마와 서점 운영난에 힘든 모습만 보였던 창희 아저씨의 마음을 잘 알고 있는 것처럼 고운이는 다른 아이들에 비해 어른스러운 면이 있었다.

이사 오고 날 지나자 필 건 피고, 질 건 진다며, 봄날은 뻐꾸기 울음소리와 함께 그렇게 가고 있었다.

한참 동안 개 짖는 소리를 듣던 창희 아저씨가 밖에 나가보려 하자, 분희 아줌마가 씨감자 파종 준비를 부탁했다. 늦은 파종이지만 하지 감자로는 먹을 수 있다며 분희 아줌마는 내내 행복해했다. 창희 아저씨는 분희 아줌마의 미소를 보며 마지못해 앉아서 씨감자를 잘라 재를 발랐다. 그렇게 짖던 구돌이 아저씨네 개 소리가 들리지 않았다. 날 저물어가는 끝 무렵에 밥 준비를 하러 들어갔던 분희 아줌마가 고운이를 불렀다. 아무리 불러도 대답이 없자, 분희 아줌마는 방문을 열며 찾았다. 밖에 있던 창희 아저씨가 들어와 고운이를 불렀다. 마당에서 일하면서 고운이가 나가는 것을 보지 못했던 분희 아줌마와 창희 아저씨는 울안에서만 찾았다. 아무리 찾아봐도 고운이가 보이지 않았다.

날은 어둑해지고 마을은 적막했다. 그 적막을 분희 아줌마와 창희 아저씨가 깨트리며 달려 다녔다.

"고운아! 고운아!"

아무리 불러도 소리가 없었다. 동네 여기저기 이 집, 저 집 돌아다니며 고운이를 찾았다. 이미 분희 아줌마는 제정신이 아니었다. 날이 따뜻해졌다고는 하지만 아이들에게는 추운 날씨였다. 여차하면 고운이를 못 찾을 수도 있을 거라는 생각에 분희 아줌마는 미친 듯이 뛰어다녔다. 정신없이 뛰어다니던 분희 아줌마는 혹시나 하는 생각에 마을 끝에 있는 대나뭇집 할매한테 갔다.

"할머니! 할머니!"

분희 아줌마 얼굴은 눈물범벅이 되어 있었다. 부엌에서 저녁 준비하던 할매가 꾸부정하니 문밖을 내다봤다.

"왜 그려?"

"할머니, 혹시 우리 고운이 여기 안 왔어요?"

"못 봤는디? 오따 잊어버린 겨?"

"몰라요. 집에 있는 줄 알았는데…."

분희 아줌마는 대나뭇집 할매를 뒤로하고 구돌이 아저씨네 뒷산으로 달렸다. 갓 올라오기 시작한 나무의 새순들이 분희 아줌마 얼굴을 쳤다.

뒷산이 떠나가게 소리도 질렀다. 여기저기 아무리 찾아봐도 보이지 않았다. 잠깐 사이에 모든 것이 뒤죽박죽되어버렸다. 분희 아줌마는 어찌할 줄 몰라 서서 엉엉 울었다. 한참을 울다가 다시 찾기 시작했다. 찔레 가시에 찔려 손등에서 피가 났다. 밤이 머리끝까지 올라와 있었다. 고운아… 고운아…. 목소리가 나오지 않았다. 온몸에 열이 나면서도 손은 덜덜 떨고 있었다. 한참을 산에서 헤매던 분희 아줌마가 구돌이 아저씨 집 불빛을 보고 내려왔다. 정신없이 헤매던 분희 아줌마 눈앞에 허연 무엇인가가 꿈틀거렸다. 눈물에 가려 잘 보이지 않았다. 얼른 소매로 눈물을 닦았다. 분명 누군가가 밭 귀퉁이에서 웅크리고 있었다.

"아가! 고운아! 아가! 왜, 여기에 있어! 괜찮아? 괜찮아?"

고운이는 아무 말 없이 고개를 끄덕였다. 그러고는 분희 아줌마 품에 안겨 집으로 돌아가는 고운이 눈에 살구나무 꽃이 가득했다.

이르게 살구나무에 꽃봉오리가 졌다. 봉오리마다 붉게 주둥이도 앉았다. 분희 아줌마는 여러 날 고운이 곁에서 떠나지 않았다. 고운이도 딱히 이렇다 할 그 어떤 증세도 보이지 않았다. 약간 변한 것이 있다면 밥을 잘 먹고 잘 논다는 것이다. 분희 아줌마는 여러 방면으로 고운이에게 언제 집에서 나갔는지 물었지만, 아무 말도 하지 않았다. 그날 분희 아줌마는 빤스에 오줌을 여러 번 지렸다고 했다. 왜 그렇게 찔끔거렸는지 자신도 모르겠다며 벌건 얼굴로 미소만 지었다.

고운이를 데리고 밭에서 감자 심던 분희 아줌마가 대나뭇집 할매를 보자 반갑게 인사했다. 봄기운이 완연하다고는 하나 아직도 찬 기운이 남아 있어서 그런지 대나뭇집 할매는 연신 옷깃을 안으로 집어넣었다.

"할머니, 어디 가세요?"

"그냥, 나와 봤어. 무신 감자를 심는데?"

"수미 감자도 심어보고, 자주감자도 심어보려구요."

"그려, 잘 나올 겨. 근디 고운이는 그 뒤로는 괜찮은 겨?"

"네, 잘 지내고 있어요."

분희 아줌마는 창희 아저씨와 함께 감자를 심으면서 한쪽에는 땅콩을 심을 요량으로 밭에 거름을 내기 시작했다. 날이 풀어졌다고 해도 찬 기운은 여간해서는 사라지지 않았다.

우리 가족이 이사 왔을 때도 텃세가 심했다. 부모님이 마음 붙이기까지 오랜 시간이 필요했다. 그 시간 동안 아부지는 경운기 바퀴가 등을 타고 올라 죽음에 직면한 적도 있었고, 막내 동생은 오랫동안 가지고 다녔던 병줄을 놓게 되었다. 엄니와 나는 연탄가스에 취해 동짓날 땅바닥에 코 박고 흙냄새를 맡으며, 꿈틀꿈틀 살아나기도 했다. 그랬던 우리 동네가 어느 순간부터인지 모르게 변해갔다. 객지에서 이사 온 사람이 많아지면서 텃세는 온데간데없이 사라졌다.

그렇게 여러 해가 지나고, 고운이는 시집을 갔다고 했다. 흘러버린 세월 속에 분희 아줌마는 할머니가 됐고, 창희 아저씨는 암으로 돌아가신 지 오래다.

밤도 깊고 보름이라 달도 환했던 날, 살구꽃이 푼푼히 날리기 시작했다. 집집이 개 짖는 소리로 밤이 깊어가는 중이었다.

대나뭇집 할머니

— 살구나무 2

"이 땅에 구신 읎는 곳이 어디 있어? 이 구석 저 구석 틈틈이 앉아 있는디 보이지 않남?"

"할머니 그런 말 좀 하지 마세요. 참말로 무서워 죽겠네."

"뭣이 무서워? 집 지키는 성주도 구신이고, 부엌을 지키는 조왕신도 구신이고, 장독대 지키는 장독대 구신도 있고, 나쁜 놈이 들어오나 안 들어오나 지켜주는 대문 구신도 있고, 뒷간 지키는 뒷간 구신도 있고, 다 구신이 지켜주는디 뭣이 무서워? 구신이 다 조상인디 뭐 땜시 무서워?"

"밤마실 왔다가 엄한 소리 들었네. 고만 좀 해요."

"히히히, 자네 집 위 철조망 친 밭 있지? 거기 구신 앉었는디 안 보이남?"

"할머니! 그만 좀 해요. 참말로 죽겠네. 저 가요."

"그려, 가. 구신보다 사람이 무서우니께 조심해서 내려가."

옷을 여미며, 분희 아줌마는 대나뭇집 할매 집에서 나섰다. 거뭇거뭇 송장꽃이 얼굴에 핀 대나뭇집 할매의 웃음소리가 온몸에 소름을 돋게 했다. 가로등이 드문드문 켜 있지만, 올 때처럼 씩씩하게 내려가는 것이 여간 심란했다. 분희 아줌마는 핸드폰으로 창희 아저씨에게 전화를 했다. 철조망 밭 위까지 올라오라는 말을 꼭 전했다.

나는 대나뭇집 할매가 무서웠다. 눈빛도 그렇고, 하는 말씀도 죄다 무서운 말만 하셔서 대나뭇집을 지날 때는 바람처럼 달렸다. 멀리서 대나뭇집 할매가 보일라 치면, 뒤도 안 돌아보고 집으로 달렸으니, 내가 얼마나 겁쟁인지 스스로 웃음이 나오기까지 했다.

분희 아줌마는 천천히 발길을 옮겨 내려갔다. 철조망 밭 옆에는 구돌이 아저씨 집이 있지만, 그 집도 정이 가지 않는다고 울 엄니에게 귓속말로 속닥거리는 것을 우연히, 정말, 우연히 들은 적이 있다. 옛날 흉가 터를 밀고 그 위에 지었다는 집 이야기를 들은 후부터 정나미가 뚝, 떨어졌다고.

"당신이에요?"

"응, 이 밤중에 뭐 하러 할머니한테 갔어?"

"식사는 하셨나, 하고 올라와봤지요. 고운이는요?"

"자. 근데 좀 적당히 해."

"그래도 우리 이사 오고 가장 먼저 동네 길 터준 분이 할머니잖아요. 할머니 아니었어 봐요, 아저씨, 아줌마들 텃세에 얼마 못 가서 이 마을을 떠났을 거라구요."

"그렇긴 해도 어지간해야지."

"… 구돌이 아저씨네는 또 싸우네."

"언제 또 싸웠나?"

"며칠 전에도 진대 씨하고 한바탕하던데…."

"진대는 혼자 계신 아버지한테 왜 그러나 모르겠네."

"돈이 많아도 걱정, 없어도 걱정이라더니…. 저 집은 돈이 많아서 걱정이에요. 우리 집은 없어서 걱정이지만…."

분희 아줌마는 아저씨 팔을 붙잡고 걸었다. 달빛도 환하고 발걸음은 가벼웠지만, 내내 대나뭇집 할머니 귀신 이야기에 자꾸 뒤돌아봤다.

대나뭇집 할머니에게는 자식이 없었다. 몇 년을 내리 치성을 드려도 오라는 새끼는 안 오고 술 먹고 장독 깨는 사내만 들어왔다. 그 사내 믿고 몇 년을 살았지만, 달거리를 꾸준히 하는 대나뭇집 할머니만 아이를 못 갖는 여자가 되어 쫓겨났다. 짐 싸 들고 나오면서 자신도 모르게 뱉은 말이 있었으니, 그 말은 자신의 입에서 나온 것이 아니라는 것은 누구보다 대나뭇집 할머니 자신이 먼저 알았다.

"썩을 놈. 네 놈은 평생 대를 못 이을 것이여."

그렇게 나온 대나뭇집 할머니는 신이 시키는 대로 우리 마을로 들어와 혼자 살았다. 이래저래 온몸으로 받은 것이 신이라 먹고살 것은 점 봐주는 것뿐이었다. 그런데 깃발 꽂고 당집 하기가 여간 거시기 했던 할머니는, 방 안에 장군신만 모셔놓고 기도만 드렸다. 신기가 올랐을 때는 모르는 외지인들이 고급차 타고 들이닥쳤지만, 대나뭇집 할머니는 그것도 잠시만 봐주고 문을 닫고 산에 올라가서 한두 달씩 내려오지 않았다.

하루는 대나뭇집 할머니가 무얼 먹어도 자꾸 얹히는 것이 속에 탈이 난 것 같아 동치미 국물만 퍼마셨다. 그래도 속이 편하지 않아 보건소에 갔는데, 이상이 없다는 것이다. 곰곰이 생각하다가 장군님께 기도를 드리는데 무언가 환한 것이 할머니 머리를 치는 것이었다. 정신이 번쩍 든 할머니가 넋을 주워 들고 다시 기도를 드렸다. 한나절

기도를 드리고 나와 동네 집집이 다니며 한 말이, 새로 이사 온 집에 잘하라는 것이었다. 밑도 끝도 없이 내뱉고 돌아서는 대나뭇집 할머니에게 토를 다는 사람은 한 명도 없었다. 그 속내가 궁금해도 물을 수 없었다. 오래전부터 대나뭇집 할머니 말은 이 마을의 신앙처럼 굳건히 서 있을 뿐이었다.

지금은 흔적도 없이 사라진 집이지만, 산책 삼아 걸을 때면 대나뭇집 할머니가 생각이 난다. 헬스장이 있던 곳에 공동묘지가 있었고, 대나무는 사라진 지 오래되었다. 도로가 나버린 곳에는 전에 내가 살던 집이 있었다. 봄날이 깊어지면 개구리가 왕왕거리며 한없이 울었던 곳. 대나뭇집 할머니는 간다는 소리도 없이 돌아가시고, 집은 흔적도 없이 사라지고, 도로가 생겨 차는 빵빵 다니고, 세상 변하는 줄 모르고 논바닥을 뛰어다녔던 그 시절의 이야기마저 옛날이야기가 되어버린 지금. 빠르다고 좋은 것은 없다. 좀 불편해도 천천히 가보는 것도, 강아지풀을 입에 물고 눈으로 삶을 짚어가는 것도, 좀 멋지지 않을까?

꼬부랑 살구나무

— 살구나무 3

"언제까지 붙잡고 계실라고 그래요?"

"나 죽을 때까지는 안 된다고 몇 번을 말혔냐! 그리고 골프장에 농약을 얼마나 많이 뿌리는 줄 알어? 니미, 농약 처먹고 다 뒤질 겨… 암만."

"다른 친척들은 쳐다보지도 않는디 왜 아부지만 그러느냐구요."

"…."

"아부지가 정 그러시면 저도 생각이 다 있다구요."

"지랄 맞을 눔…."

직장암이라는 것이 똥구멍과 직접적으로 연결이 된 것이라 내내 설사인 줄 알고 약만 들입다 먹었다가 암 진행 4기에 발견했으니, 수

술을 해도 일 년 반이고, 수술을 안 해도 일 년 반이니, 구돌이 아저씨 묵은 논 몇 뙈기 팔아 병원비하고 아줌마를 저승으로 보낸 지 십 년이 지났다.

구돌이 아저씨는 진대를 결혼시킨 후 혼자 살았다. 진대가 같이 살자고 몇 번을 말했지만, 당신 고집대로 혼자 살았다. 나이 들어서 이 눈치 저 눈치 안 보고 속 편히 산다며, 개와 단 둘이 지냈다.

구돌이 아저씨 집이야 소리 없는 유지 집안이니 돈 걱정은 눈곱만큼도 하지 않을 성싶지만, 어릴 적부터 주는 돈을 딸꾹딸꾹 잘 받아먹은 아들 진대는 달랐다. 날 밝으면 돈, 돈, 돈. 묵은 돈이 어디에 있으며, 그 돈을 내게 맡겨놨느냐고 늘 아저씨와 아들은 소리 없는 전쟁을 치렀다.

그런데 구돌이 아저씨네 선산 쪽으로 골프장이 들어선다는 소식을 접한 진대가 아저씨를 찾아와 계속 재촉했다. 현재 시세대로 따지면 다른 때보다 몇 배는 더 받는다며, 계속 산을 팔라고 했다. 그러나 구돌이 아저씨는 선산은 절대로 팔 수 없다며, 진대에게 몇 차례 얘기를 했다. 부동산업자들은 진대에게 붙어 아버지를 설득하라고 하고, 진대는 아버지에게 붙어 선산을 팔라고 설득했다. 이 기회가 아니면 다시는 이런 값을 못 받는다고, 재차 설명을 하고 또 설명을 해도 요지부동이었다. 꿈쩍없는 아버지 고집이나, 욕을 얻어먹어도 계속 팔라고 하는 아들 고집이나 용케도 서로 닮아 있었다.

아버지 고집이 아들 고집으로 되물림 되는 것도 아니지만, 온전히 싫은 것을 따라하는 것 또한 자식이라는 것을, 구돌이 아저씨는 뼈저리게 알게 되었다.

구돌이 아저씨네 밭 귀퉁이에 마주 보며 서 있는 살구나무의 허리가 꼬부라지기 시작한 건 십 년 전 일이었다.

한겨울에 벼락을 맞은 살구나무가 함박눈 속에서 한쪽으로 기울어졌다. 벼락 맞은 살구나무는 제 몸뚱어리 추켜세우는 일에만 전념한 듯, 몇 년 동안 꽃을 피우지 않았다. 그러다가 마주 보고 있는 살구나무에 기대어 일어섰으나, 속 한쪽이 텅 빈 채로 꼬부랑 나무가 되었다.

진대네 아줌마가 저승길 짚어 가신 때가 그쯤이었다. 진대네 아줌마와 구돌이 아저씨는 참으로 사이가 좋았다. 아픈 아줌마의 손발이 되어준 것도 구돌이 아저씨였다. 부부가 금실이 좋아서 동네에서도 내로라 할 정도였다. 그렇게 사이좋던 부부가 순식간에 이승과 저승으로 나뉜 뒤부터 구돌이 아저씨의 쓸쓸함은 살구나무에 기대었다.

"이 새끼는 왜 나만 오면 짖나 모르겄네…. 하여튼 개나 사람이나 나를 대접을 해줘야지. 에이 씨벌."

발밑에서 짖는 개를 발로 차며, 진대는 소리를 질렀다. 진대가 현관문을 열고 집 안으로 들어갈 때까지 개는 한 치의 흐트러짐도 없이 짖어댔다. 개로서는 주인에게 충성을 맹세하는 것으로, 사람이나 개나 그 집안의 대주를 닮아간다. 그러니 아배를 보면 그 아들을 알 수 있고, 어미를 보면 그 딸을 알 수 있다. 또한, 개의 성질을 보면 그 개 주인의 성격을 알 수 있으니, 구돌이 아저씨가 진대에게 대하는 것을 보고, 개도 성질을 바락바락 부렸다.

"아빠! 아부지! 도대체 이 냥반은 어디를 가셨간 문을 다 열어놓고 다니나 물러."

진대는 혼자 구시렁구시렁 구신 씻나락 까먹는 소리를 했다. 날도 저물어가고 개도 가만히 있다가 뜬금없이 현관 쪽을 보고 짖어댔다. 지나가던 분희 아줌마가 살짝 대문 안을 들여다봤다는데, 진대가 소리를 지르는 바람에 깜짝 놀라 뒤돌아 종종걸음으로 갔다.

"저 개새끼, 이번 복날에 잡아먹어 버려야지…. 나만 좋자고 산 팔자고 허겼어. 낭중에 팔라고 혀봐. 돈을 지대로 쳐주나…. 잘 쳐줄 때

팔아야지 낭중이 오디 있남. 낭중은 읎다고."

벽에 걸린 사진을 보며 구시렁거리던 진대가 갑자기 몸을 틀어 서랍 쪽을 쳐다봤다. 한참을 앉아 있던 진대가 무슨 생각을 했는지 현관문을 잠갔다. 그러고는 무슨 거사라도 치르는 듯이 안방 안으로 들어갔다. 그러고는 문갑이며 장롱을 열어 선산 땅문서를 찾기 시작했다. 여기저기 뒤져도 도통 문서는 보이지 않았다. 하물며 동전 하나도 나오지 않았다.

"이 영감탱이가 어디다가 숨겨논 겨."

술을 마신 것도 아닌데 진대 눈에는 뵈는 것이 없었다. 이곳저곳을 뒤지다가 예전에 엄니가 통장을 숨겨두던 곳이 생각났다. 이불이며 옷이 뒤죽박죽 섞여 있는 곳에서 베개 하나를 찾았다.

진대 어릴 적부터 항상 베고 주무시던 엄니의 베개였다. 바늘로 꼼꼼히 박아 틈이라고는 보이지 않는 누렇게 변한 베개를 만졌다. 딱딱한 것이 잡혔다. 진대는 있는 힘을 다해 베개를 뜯었다. 그 속에는 천으로 돌돌 말린 문서 여러 장이 있었다. 진대는 선산 땅문서를 찾았다. 노란 봉투에 담긴 땅문서를 찾아 든 진대는 쏜살같이 달려 나갔다. 진대는 달리고, 진대를 따라가며 개는 짖었다. 이빨을 허옇게 드러내며 바짓단을 물었다. 진대가 달리는 대로 개도 바짓단을 놓지 않고, 필사적으로 매달리듯이 달렸다. 한참 동안 달리던 진대가 서서 개 목덜미를 잡아 땅바닥에 던졌다. 내팽개쳐진 개가 한동안 낑낑거리며 일어나지 못했다.

주인의 성질을 닮은 개가 필사적으로 지키고자 했던 것은 무엇이었을까?

못자리를 보러 갔던 구돌이 아저씨가 대문 밖에 서서 개를 찾았다. 집에 돌아오면 먼저 달려와 꼬리부터 내리며 오줌을 지리던 개가 보이지 않자, 두리번거리며 불러댔다. 여기저기 둘러보던 구돌이 아저씨가 뒤란을 돌아 창고에 가보니, 그 안에 개가 낑낑거리며 웅크리고 있었다. 불러도 나오지 않고 두 눈만 끔뻑이며 바라보았다. 어디가 아픈지 말이나 통해야 물어나볼 텐데, 한숨만 내쉬었다.

"이놈이, 왜 그려…."

한참을 앉아 개머리를 쓰다듬던 구돌이 아저씨가 무엇인가, 번뜩 했는지 뛰다시피 현관문을 열고 들어갔다. 방 안은 난장판이었다. 이불이며 옷가지들이 방에 내팽개쳐 있었다. 구돌이 아저씨는 여기저기 둘러보며 베개를 찾았다. 그리고는 베개를 열었다. 그 속에 들어 있던 것 중에 선산 땅문서만 보이지 않았다. 아무리 찾아도 보이지 않았다. 구돌이 아저씨는 그냥 주저앉았다.

"내가 자식새끼를 잘 못 키운 겨…."

구돌이 아저씨는 저승 간 아줌마 생각에 눈물이 나왔다. 사촌들에게 욕 얻어먹어가면서 지킨 산이었다. 형제들과 의절하면서 지킨 산이었다. 그런데 그걸 새끼가 팔아먹겠다고, 지 아버지 집에서 문서를 훔쳐 도망을 갔다. 구돌이 아저씨는 다음 날 아침까지 그 상태 그대로 앉아서 울다가 웃다가 졸았다.

어설프게 눈뜬 새벽, 아무 소리도 들리지 않았다. 이 시간이면 개가 현관 앞에서 밥 달라고 짖어야 할 때인데도 조용했다. 구돌이 아저씨는 몸을 일으켜 부엌으로 나가 물 한 사발을 들이켰다. 그러고는 밖으로 나가 삽을 들었다. 논으로 가려다가 발길을 돌려 창고로 향했다. 빳빳하게 굳은 개가 누워 있었다. 이미 어젯밤에 죽은 듯했다. 구돌이 아저씨는 푸대에 개를 넣어 뒷산으로 올라갔다.

구돌이 아저씨는 개를 산에 묻었다. 그 이후로 구돌이 아저씨 집에서는 아무 소리도 들리지 않았다. 적막 속에 묻힌 그 집은 살아 있는 무덤이었다. 꼼지락거리는 것들은 아무것도 없었다. 삽자루도 낫도 경운기도 모두 살아 있는 무덤 속에 있었다. 적막했고 어두웠으며, 구돌이 아저씨의 몸에 간신히 기댄 집만이 삐걱삐걱 무너지는 소리를 낼 뿐이었다.

그간 진대는 선산을 팔아먹었다. 묘 이장 통지서가 날아오던 날, 구돌이 아저씨는 꺼익꺼익 땅을 치며 울었다. 그 울음소리가 동구 밖까지 들렸으니, 지나가던 동네 사람들은 어리둥절할 수밖에 없었다.

이제는 되돌릴 수도 없는 일이었지만, 설마설마했다가 설마가 사람을 잡아버린 격이었다. 한참을 울고 난 구돌이 아저씨는 뒷산으로 올라갔다. 그러고는 소나무를 베기 시작했다. 송진이 가득 묻어나는 나무를 잘라 쌓았다. 전기톱 소리가 숲속에 가득했다. 척척, 쓰러지는 소나무 사이로 볕이 한가득 들어왔다. 몇 날 며칠을 나무를 베고 땅을 다졌다. 그러고는 저 멀리에나 있을 조상님들을 옮기기 시작했다. 선산에 있던 할아버지의 할아버지의 할아버지, 할아버지의 할아버지, 할아버지, 할머니, 아버지, 어머니 묘를 뒷산의 새로 터 닦은 곳으로 옮겼다. 잔디도 깔았다. 그런데 구돌이 아저씨는 아버지 묘 옆에 빈자리 하나를 남겨놓았다. 하긴 살아 있는 사람이 묏자리 잡아놓으면 오래 산다고, 이렇게라도 자리를 잡아놓고 나면 마음이라도 편할 것이다.

구돌이 아저씨는 진대를 찾지 않았다. 한동안 뜸하던 대나뭇집 할매가 구돌이 아저씨 집 대문 안으로 들어왔다.

"자네, 있는감?"

"…."

소주 한 잔 목구멍으로 넘기던 구돌이 아저씨는 현관 쪽을 바라봤다. 마시던 소주잔을 놓고 일어나 밖으로 나갔다.

"술 먹고 있었남?"

"… 네."

"그려, 마시고 싶을 때 마셔야지. 밥은 지대로 챙겨 먹고는 있남?"

"그냥저냥…."

"진대는 여즉까지 소식이 읎지? 그래도 살아야지, 다른 생각하지 말고 살어…."

대나뭇집 할매는 소매 끝으로 콧물을 닦으며 현관문을 열었다. 구돌이 아저씨는 고개만 까딱였다. 그러고는 소주잔에 소주를 연거푸 따라서 서너 잔을 쉬지도 않고 마셨다.

진대가 선산 판 돈을 부동산에 투자했다가 사기꾼한테 홀라당 다 말아먹었다는 소문이 돌았다. 선산을 팔라고 종용했던 사람과 부동산에 투자를 권했던 사람 모두 한통속이었다는 말도 함께였다. 작정하고 속이려 달려든 사람에게 당해낼 재간도 없을뿐더러 진대의 바보 같을 정도로 순진한 성격을 이용하기란 숟가락 위에 밥 얹기보다 쉬운 일이었다. 그렇게 흘러간 시간 속에 진대는 어디에도 없었다. 고향도 찾아오지 않았고, 살았는지 죽었는지조차 가늠할 수 없는 세월이 있을 뿐이었다.

구돌이 아저씨는 이런저런 소문에도 꿈쩍을 하지 않았다. 매일 뒷산에 올라 불룩하니 올라온 조상님을 만나고 오는 일 외에 아무것도 하지 않았다. 집 안에 앉아 소주를 들이켜다가 창문 밖에 먼 산만 바라볼 뿐이었다.

구돌이 아저씨를 발견한 건 대나뭇집 할매였다. 구돌이 아저씨 집 앞에서 담배 한 대를 태운 할매가 살구나무 밭으로 발길을 옮겼다. 구돌이 아저씨의 죽음을 알고 있었던 것처럼 대나뭇집 할매의 표정은 아무런 변화가 없었다. 살구나무에 매달린 구돌이 아저씨에게 다가갔다. 그러고는 한참을 밭머리만 바라보다가 구돌이 아저씨 신발을 벗겨 북쪽에 놓았다. 이미 북망산천 고개를 넘고도 벌써 넘었다고, 잘 가라고 인사를 하는 듯했다. 대나뭇집 할매는 발길을 돌려 이장 집으로 갔다. 그러고는 경찰과 구급차가 왔다. 장례의 절차라는 것이 그렇듯이 병원 소견에 의해 이루어진다. 병원에서 판명이 나야

사망 처리가 가능한 것이다.

구돌이 아저씨를 나무에서 내릴 때, 여기저기 살구나무 꽃잎이 흩날렸다. 구돌이 아저씨 옷깃에도 구급대원들 옷에도 꽃잎이 날렸다. 먼 길 가는 아저씨의 구급차는 떨어지는 살구 꽃잎처럼 쓸쓸했다.

4부

별을 헤는 아부지

— 개나리

오토바이 달달달거리며 달리던 논둑 위에 억새가 올랐습니다. 당신이 뒷짐으로 쥔 삽자루 위에는 녹슨 나팔꽃이 피었고, 검불 태우던 담벼락에 그슬린 자국은 페인트로 덧칠이 되었습니다. 당신이 양수기로 퍼 올려 물을 주던 배추밭은 다른 이에게 넘어갔고, 손녀에게 보여주겠다고 심었던 개나리는 봄날 내내 꽃이 노랗게 담벼락을 흔들었고, 밤낮 가리지 않고 자식새끼 돌보듯 했던 논바닥에 잡풀 올라온 지 몇 해입니다. 그리고 그 위로 건물이 올라왔고, 길이 났으며, 상점이 하나, 둘 불을 켠 채 밤하늘의 별인 것처럼 둥둥 떠다닙니다.

당신이 가신 지도 8년이 흘렀습니다. 흐르는 세월을 잡을 수 없기에 당신의 빈자리가 벼 벤 논바닥에, 엔진 떨어진 경운기에 가득합니다. 보고 싶어도 만날 수 없다는 것이 한없이 괴롭지만 어찌하겠습니까. 이승과 저승은 가깝고도 먼 길이기에 그저 그리운 마음만 벼를 쓸고 가는 바람으로 남겨둘 뿐입니다.

당신이 가고 엄니와 저는 함께 살고 있습니다. 졸지에 과부가 되어버린 엄니와 마흔이 넘은 당신의 딸이, 당신이 되어 엄니와 한 침대에 한 이불을 덮고 잠이 듭니다. 당신이 그리 걱정했던 엄니의 수면무호흡증 증세는 많이 좋아졌지만, 심장의 한쪽 문이 고장 나서 지금은 수시로 큰 병원에 다닙니다. 어쩔 수 없는 것들이 많아지고 있어서 늘 노심초사이지만, 당신의 빈자리는 떨어진 갈잎이 쓸고 다니고, 진순이가 컹컹, 빈 하늘에 소리만 울릴 뿐입니다.

가끔 드는 생각인데, 어쩌면 당신은 이미 내가 엄니와 함께 살 거라는 것을 알고 계시지 않았을까,라는 생각도 듭니다. 엄니 생일을 보내고 닷새 만에 가셨으니, 그 또한 엄니에 대한 사랑이라 생각합니다. 그때 당신이 내게 건넨 말들이 귓가에 뱅뱅 돌고 있으니, 당신은 당신의 부재를 조용히 때론 뜬금없는 화로 내놓았으리라 생각합니다.

"느 엄마 생일상은 느가 차려줄래?"

"내가 왜 이러는지 잘 모르겄다. 외롭기도 허구."

"마음이 허해야. 뭘 먹어도 맛난 줄 모르겄고. 참말로 벨일이여."

그리 빨리 당신이 우리 곁을 떠날 줄은 몰랐습니다. 할머니가 계셨기에 더욱더 당신의 부재는 생각할 수 없었습니다. 11남매의 장남이라는 자리가 쌀가마니 몇 개는 짊어진 것 같다며, 그 또한 당신의 업인 것처럼 버거워하셨는데, 그리 내려놓지 못하고 가실 줄은 꿈에도 생각하지 못했습니다.

당신이 서 있던 자리에 서 있었고, 경운기 세워두었던 자리에 우두커니 앉아 있었으며, 당신이 그리 애지중지 바라봤던 논바닥을 쓸어보았습니다. 당신은 별 헤는 사람이었습니다. 하늘을 바라보고 논을 훑었으며, 손가락 끝으로 바람을 느껴보고 물꼬를 막았습니다. 나는 자연스럽게 몸이 먼저 아는 당신의 마술 같은 신비함에 사로잡힌 채 바라보기만 했습니다.

봄날, 경운기 로터리 치는 소리에 길을 가다가 펑펑 울기도 했고, 아저씨들이 논바닥에 이앙기로 모 심는 모습을 보고 울기도 했습니다. 당신이 앉아 쉬었던 감나무 그늘에 똑같은 자세로 앉아 먼 산을 바라보기도 했습니다. 당신은 저 산을 바라보며 무슨 생각을 했을까, 한참 동안 당신이 되어보기도 했습니다. 이 또한 당신의 부재를 느끼지 않기 위한 안간힘이었습니다.

죽을 때까지 놓지 못할 그리움이라는 것에 손을 놓고, 엄니 모르게 맥없이 흐느낄 때, 당신은 어느 곳을 흐르고 계실까…. 아무리 둘러보고 찾아봐도 보이지 않는 것들에게 손길을 보내기도 합니다. 구름으로 흘러가다가 흩어져버릴 당신을 손가락으로 그려봅니다.

시간이 지난 지금도 엄니는 당신의 그림자를 찾아 밭으로 나갑니다. 고장 난 허리를 복대로 받쳐 들고 호미질을 하기도 하고, 밭을 갈아 씨앗을 뿌립니다. 그러고는 집으로 돌아와 사나흘 동안 꼼짝 않고 앓고 계시니, 당신의 빈자리가 이토록 사무칩니다. 조금만 더 우리 곁에 계셨다면 얼마나 좋았을까. 안타까움과 바람만이 있을 뿐 아무것도 남은 게 없습니다.

아파트로 이사 오면서 다른 집으로 보낸 개나리가 피었습니다. 가지도 울창하고 꽃도 흐드러졌습니다. 그만큼 당신의 손녀는 달리기를 좋아하는 학생이 되었습니다. 세월 이길 장사 없다는 말이 실감 나는 하루입니다.

당신이 가던 날 마지막 그 눈빛이 아직도 선명하게 보입니다. 바람 같은 시간이 흘러 내가 늙어 죽을 때까지 잊혀지지 않을 눈빛. 그 눈빛 속에 나를 담아 밤하늘 가득 올려 보냅니다.

불빛만 반짝거렸다

— 벚나무

하루하루가 참 좋은 날이다. 늘 새로운 날이다. 입술이 시리도록 파란 하늘을 보는 것도, 엄니의 코 고는 소리와 방귀 소리를 듣는 것도, 하얗게 서리 내린 아침을 만나는 것도, 벼 벤 자리에 앉은 햇살도 참 좋은 날이다. 이렇게 참 좋은 날 아우가 떠났다.

어릴 적 밤하늘을 바라보며 별을 헤아렸다. 어느 골짜기에 으름이 많이 나는지, 어느 집 밤이 크고 맛있는지, 밤 서리에 재미가 붙어 주인과 함께 뜀박질하며 밤송이에 찔리며 킥킥 웃었다. 할머니 댁 솟을 대문 앞에 앉아 햇볕 바라기를 했고, 마당에서 자치기도 했다.

밤하늘의 별을 짚으며 내 별, 네 별 별별 노래를 부르기도 했고, 한겨울 꽝꽝 언 강바닥에서 썰매를 타기도 했으며, 뒷동산 언덕에서 비

료 부대를 타고 바람처럼 씽씽 내려오다가 이마가 깨지기도 했다.

용두산 속 애먼 토끼 잡겠다고, 올무 놓다가 고꾸라져서 떼굴떼굴 산비탈을 내려오기도 하고, 커다란 돌로 강가 돌팍을 내리쳐 기절한 물고기를 떠내기도 했다. 무엇이 그리 신이 났는지, 깨지고 터지고 피가 흘러 옷깃을 적셔도 아픈 곳 하나 없이 웃음만 가득했다.

시골 초등학교 운동장에 커다란 벚나무가 몇 그루 있었는데, 버찌를 따서 얼굴과 옷에 바르고 다쳤다고 어른들을 속이고 도망을 쳤다. 그런 아이들을 나무라며 쫓아오던 할머니가 그리운 날이다. 그러나 삶의 그루터기가 제대로 완성되기도 전에 우리는 커버렸고, 삶에 지쳐서 도망을 치기도 했으며, 부모의 거친 삶을 고스란히 받아들여 온몸으로 삶을 살기도 했고, 언제든 찾아올 수 있는 죽음을 천천히, 아주 천천히 받아들이고 있었다.

삶이 녹록지 않아서 밭고랑에 박힌 돌멩이처럼 서늘했다. 어느 것이든 마지막을 본다는 건 두렵고 슬프다. 해서, 나는 아우의 마지막을 보지 않았다. 방울방울 떨어지는 링거를 바라보며, 삶의 끈을 놓지 않기 위해 아등바등 대는 아우의 모습을 본다는 것은 더없이 가슴이 찢어질 일이었다. 더군다나 아버지의 마지막 모습을 가슴에 문신으로 새겼기에, 아우의 모습을 본다는 것은 참으로 미치는 일이었다. 가끔 한 번씩 대꼬챙이로 쑤시는 것처럼 파고드는 숨 막힘으로 가슴을 치기도 하고, 눈물도 흐르지 않는 소리 없는 통곡이 이어지고는 한다. 그럴 때마다 엄니 없는 곳에서 가슴을 부여잡고, 입술을 깨물며 울곤 하는 삶이다. 그러기에 아우의 마지막을 본다는 것은 두려운 일이었다.

엄니는 젖이 나오지 않는 숙모를 대신에서 당신의 젖을 내어서 아우에게 먹였다. 작은 골방에서 어린아이 여섯이 뒹굴며 지냈다. 곰팡내가 나도, 쌀이 떨어져 밥을 못 먹어도, 풀풀 날리는 먼지 속에서 행복했던 시절은 낡은 사진 속에서 웃고 있을 뿐이다.

서른아홉의 아우는 급성간암으로 갔다. 사십구재 날이 크리스마스이브였다. 모든 이들이 행복하다고 느꼈으면 하는 순간에 네 살 먹은 아들과 어린 올케는 사진만 붙잡고 울고 있었다.

"엄마, 아빠 어디 갔어? 죽었어?"

숨 돌릴 틈 없이 던지는 아들의 질문에 하염없이 눈물만 흘리는 올케의 어깨 위로 크리스마스 트리 불빛만 반짝거렸다. 모든 이가 따뜻했으면 싶은 그런 날. 성냥 하나 켜 들고 벌벌 떨고 있는 흐린 올케의 어깨 위로 눈이 살포시 내렸으면 좋겠지만, 늘 그렇듯 슬픔 곁에는 아무것도 없음을 가슴으로 짚어간다.

아우. 아우. 아우.

뒤곁의 조릿대가, 뒷동산의 상수리나무가, 뒷간 옆에 서 있는 감나무가, 운동장에서 늙어가는 벚나무가 늙어서 우리의 나이보다 더 늙어서 빈집을 지키는데, 아우는 간곳없고 맑은 하늘만 울안의 장독대를 깊게 내려다본다.

> 은행잎이 11월 그늘을 끌어들이자 사그락사그락 햇살이 궁굴리는 길 위로 진눈깨비 날렸다 벼바심 끝난 논바닥에 내려앉은 구름이 웅덩이 속에서 흘렀고 서리 맞은 호박잎이 밭머리에 누렇게 스러져가는 갈바람을 흔들었다 발자국으로 내려놓은 이파리로 번진 노을 가슴에 담아놓고 가도 좋은 것을 이파리 진 벚나무 그늘이 깊어서 쓸쓸함이 딱새 발가락 한 줌으로 흔들린다 나를 스치는 것들이 햇살에 부딪혀 스러지는 날 아우, 저승길 걷기에 참 좋은 날
>
> ―「참 좋은 날」 전문

아카시아 마른 꽃잎

— 아카시아

아파트 공사 현장 한구석에서 간신히 살아남은 아카시아가 5월 푸른 바람을 타고서, 아카시, 아카시 향기를 흩날리고 있었다. 그 향기가 어찌나 좋은지 담배 한 대 물고 싶은 생각이 간절했던 최 씨 아저씨와 정 씨 아저씨가 끼고 있던 장갑을 뒷주머니에 꽂고는 아카시아 그늘로 들었다.

“향기 참 좋네그려.”

“그러게나 말여.”

“거시기, 그게 나왔다는디 야그는 들은 겨?”

“암만, 영 껄그러워서리 일헐 맛이 안 난당께.”

“접때도 나왔다더만.”

"내 두 눈으로 똑바로 봤당께. 그땐 하두 놀래서리 뒤로 자빠질 뻔 했당께."

"그럼 자네도 본 거여?"

"암만, 것도 반듯하게 계시믄 물러. 여기저기 흩어져 있는디, 시상에나 그게 몬 일인지, 그날 밤에 요상헌 꿈도 꾸고 영 거시기 혔다니께."

"아니, 도대체 오치게 모셨길래 여그저그서 나오나 물러…. 그나저나 오떤 꿈인디 그려?"

"글씨, 관 속에 오떤 할아버지가 뚜껑 열고 일어나서는 나를 빤히 쳐다보는디 오금이 저리드라고. 움직이지도 못허고 숨도 안 쉬어지고, 그냥 눈알만 왔다리 갔다리 허는디 참말로 죽겄더구먼. 꿈인디도 식은땀이 나드라니께."

"이장 끝난 지가 온제여."

"그나저나 오쩐댜? 또 나오믄 일허기가 껄끄러워지는디…."

"자네만 그러남. 여기 일허는 사램 죄다 목구녕에 가시 걸린 것맹키로 영 거시기 헌디. 말만 안 헐 뿐이지 소장도 속앓이가 보통은 아닌가 벼. 그러니께 맨날 윗사람헌티 전화하고 그러지. 아주 사정을 허더구먼. 저러다가 그만둔단 소리도 나오지 않을까 몰러."

"그러겄지. 그 속이라고 편허겄남."

"그렇게 무연고자가 많은 겨?"

"그런 분도 있겄지. 그래도 다 모셨다는디."

"안 보이는 곳에 계신 분들도 있으니께 다 챙기덜 못혔겄지."

아파트 공사 현장을 끼고 공동묘지가 있었다. 풀이 무성했으나 한식이나 추석에는 변함없이 이발을 해서 휑했던 곳. 내 친구의 아버지도 계셨던 곳. 바람이 지나는 곳마다 윙윙, 울음소리가 들렸던 곳. 저승 계신 분들의 집이었던 곳이 이승의 사람들에게 집을 내어주고 각자 뿔뿔이 흩어졌다.

어느 분은 화장으로 바다 세계로 넘어가셨고, 어느 분은 바람을 타고 자식들의 가슴속으로 훨훨 날아가셨다. 그러나 찾아도 찾을 수 없는 사람들이 있었다. 어디에 누가 계신지 모르고 한참을 서성이다가 자리를 떠난 후손도 있었고, 그나마 찾아오는 사람이 없는 묘도 있었다. 이래저래 사연 없고, 한없는 사람들 없지만, 홀로 남겨져 어두운 땅속에서 그늘을 문대고 계실 분들에 대한 예의를 가슴으로 한껏 더해보기도 했다.

입에 문 담배가 썼는지, 아니면 생각 끝에 매달린 모르는 얼굴들이 눈앞을 가린 것인지, 연신 얼굴을 찌푸린 정 씨 아저씨가 떨어진 아카시아 마른 꽃잎을 집어 들더니 입으로 후, 불었다.

"살아서 한 발 한 발 내딛는 것도 힘들어서리 에구구 소리가 절로 나는디, 죽어서도 힘든 사람들이 있으니 말여…."

"참말로 죽은 것도 서러운디, 뼈 하나도 추리지 못허니…, 새끼고 지랄이고 다 소용읎다니께. 나야 어쩌다가 애새끼 둘 깠지만, 자네처럼 혼자 사는 것도 괜찮다니께. 요즘 시상에는 흠도 아니랑께."

"자네는 나가 혼자 사는지 둘이 사는지 오치게 아남?"

"그럼 둘이 사남?"

최 씨 아저씨가 툭, 던진 말에 정 씨 아저씨는 다시 담배 한 대를 꺼내 입에 물었다. 그리고는 먼지 날리는 공사 현장을 바라봤다. 정 씨 아저씨의 뒷모습을 바라보던 최 씨 아저씨는 더 이상 말을 던지지 않고 조용히 담배를 피웠다.

정 씨 아저씨는 우리 동네에서 삼 년을 살고는 공사장 따라 떠났다. 몸을 놀려야 먹고살 수 있다고, 어릴 때부터 작정하고 공사판에 뛰어들었다고 한다. 머리가 안 따라주니 어쩌겠느냐며, 사람은 처지에 맞게 살아야 한다고, 뒷머리 긁적이는 게 버릇이었다.

정 씨 아저씨는 동네의 미스터리 나그네였다. 술 마시면 뭔가를 꺼내놓을 듯하다가도 꺼내놓지 못하고, 비틀비틀 게걸음을 하며, 코딱지 방으로 돌아갔다.

미스터리 나그네에게는 소문이 많았다. 그래도 마을 어르신들은 정 씨 아저씨를 챙겼다. 젊은 사람이 오죽하면 공사장을 떠돌겠느냐며, 하루하루 돌아가면서 밥을 챙겨 먹이기까지 했다.

그러던 어느 날이던가, 비가 주룩주룩 내 안을 훑으며 쏟아지던 날, 마시지도 못하는 맥주 한 병을 검은 봉다리에 넣고 흔들며 돌아오는데, 정 씨 아저씨 혼자 골목에 서서 길 끝을 바라보며, 꺼익꺼익 울고 있었다. 쏟아지던 비와 함께 울고 있었다. 왜 울고 있었는지 모르겠으나, 뒷모습만 보아도 얼마나 슬퍼 보이던지, 나도 모르게 우산을 꼭 쥐고 같이 울었던 기억이 비 내리는 날이면 주룩주룩 난다.

바람 끄트머리 같은 시간이 지나고, 먼 산을 쓸쓸한 눈빛으로 바라보던 정 씨 아저씨는 코딱지 방에 흔적 하나 남기지 않고 떠났다. 옛날부터 그 자리에 있던 산을 홀라당 깎아 지은 아파트는 우뚝, 서버렸고, 공사는 끝이 나 아저씨는 떠났다. 가슴 안팎으로 빈방을 가지고 다녔던 분. 최 씨 아저씨도 정 씨 아저씨도 아무도 없는 그곳에 어디에서 살다 왔는지도 모를 사람들이 같은 방, 같은 거실, 같은 화장실을 쭈욱 쓰면서 하루의 고된 삶을 누이고 있다.

물난리

— 버드나무

내 나이 일곱 살이던 해였던가, 뭐, 그쯤 대천에 물난리가 아주 크게 났었다. 한밤중에 물이 안방까지 들어와서 잠자다 말고 일어나 엄니는 얇은 옷에 아부지는 빤스만 입고 도망쳐 나왔다. 가물가물 기억 속에는 동생은 아부지가 안고, 막내는 아직 태어나기 전이라 엄니 뱃속에서 헤엄을 치고, 나는 엄니 손 붙잡고 아부지 허벅지까지 올라오는 물길을 헤치며, 시내 사거리를 지나 대천에서 지대가 가장 높았던 대명중학교로 피신했었다.

밀려들어 오는 물살에 쫓기듯 나와서 돈 한 푼 가지고 있지 않았던 엄니는 다시 집으로 돌아갈 수도, 그렇다고 안 갈 수도 없어서 울고 있는 우리한테 욕만 한가득했다고. 아부지는 아는 분을 만나 겨우 거시기만 가릴 수 있는 바지 한 장 얻어 입었다고 한다.

우리가 살았던 집은 지대가 낮았다. 해서, 비만 오면 바가지를 들고 줄기차게 물을 퍼냈는데, 네 살배기 동생은 장난치는 줄 알고, 물을 집 안으로 퍼 나르다가 엄니한테 된통 맞았다.

우리 집을 경계로 둑방 너머는 모두 바다로 연결되어 있었다. 해서, 사람이 떠내려가도 구하러 들어갈 수 없다. 그해에 온갖 세간살이와 쓰레기들이 바다를 향해 돌진했고, 커다란 버드나무가 떠내려갔는데, 그 위에 아슬아슬하게 서 있는 돼지와 소가 꿕꿕, 울었다. 여기저기서 사람 떠내려간다,고 소리만 지르다가, 울다가 그렇게 놓쳐버리고, 시신도 없이 장사(葬事)를 지내기도 했다. 그렇게 수도 없이 데려간 사람들과 가축 그리고 버드나무는 바닷속에서 꺼익꺼익 울고 있을 것이다.

그때 그 물난리로 엄니가 모시고 있던, 우리의 탯줄과 태반은 고스란히 물이 가져갔다. 시집가면 주려고 모셔놨던 거라고, 물이 안 가져갔어도 주는 건 틀렸을 것이라고, 먼 산만 끌쩍이는 엄니의 눈을 슬쩍 보다가 자리를 피했다.

비바람이 지나고 들리는 소문에 칠성 아줌마 친정아부지가 논물 보러 갔다가 급물살에 휩쓸려 떠내려갔다고 했다. 우리 동네에서 차로 20분 정도 달리면 ○○마을이 있는데, 그 동네 입구 냇가 옆에 커다란 버드나무가 터줏대감처럼 앉아 있었다. 그렇게 묵직하게 앉아 있던 나무가 갑자기 오지게 내린 비에 뿌리째 뽑혀 떠내려갔으니, 힘없는 노인이 무슨 근력으로 버틸 수 있었을까. 칠성 아줌마와 형제들이 한동안 미친 듯이 백사장이라는 백사장을 훑고 돌아다녔으나, 온갖 쓰레기 더미만 만나고, 친정아부지는 찾을 수 없었다.

"오째, 괜찮은 겨?"

"나가 괜찮은 걸로 보이남?"

"그게 온제 적 일인디 여즉 그려. 술만 들어가믄 앞뒤 안 가리고 난리를 치니, 누가 자네허고 술 한잔을 허겄어. 그만혔으믄 보내드릴 줄도 알어야지 저승길 간 아부지가 뒤돌아보다가 목 돌아갔을지도 모르겄네. 오째, 사램이 그려. 동네 사람 아니 동네 개새끼까지 전부 다 알어. 뭐든 적당혀야지, 날이믄 날마다 달이믄 달마다 지랄이니… 나 갈 테니께 오디 살풀이춤이라도 춰보라고."

"그려, 다 가버려. 다 필요 읎다고. 나가 이렇게 살아서 뭐 혀. 확 혀 깨물고 죽어야지."

확, 혀 깨물고 죽는다는 얘기를 동네방네 하고 다니는 칠성 아줌마가 세월을 등에 지고 파 뿌리 허옇게 날리는 할매가 되었다. 관식이 할매와 소주 한잔 나눌 때마다 한 얘기 또 하고 한 얘기 또 하다가 결국은 관식이 할매가 자리를 박차고 일어서기가 한두 번이 아니었다.

"고만헐 때도 됐는디, 이것이 몇 십 년이여. 아따, 사십 년이 흘렀는디도 계속 지랄이여. 헌 야그 또 허고 또 허고 주둥이가 삐뚤어졌어도 수십 번 삐뚤어졌을 텐디 늘 제자리여. 참말로 징글징글한 인사여. 근디 오째, 이사를 혀도 나 가는 디만 따라오나 몰러."

입은 삐뚤어져도 말은 바로 하자고, 칠성 할매가 먼저 산 밑 동네로 이사를 했다. 그때 우리도 비만 오면 물이 차는 달방에서 나와 산 밑 마을로 이사를 했다. 그리고 관식이 할매도 시간이 지난 후에 우리 마을로 이사를 왔다. 차례대로 이사 와서는 두 분 할매 벗으로 살았는데, 날이면 날마다 달이면 달마다 만나서 묵은 얘기를 무슨 최근에 있었던 얘기로 묘하게 바꾸는 마술을 부리는데, 잘못 들었다가는 애먼 동네 사람 초상 치를 수도 있어서, 두 분 얘기는 그냥 한 귀로 듣고 흘려보내야 한다.

"나가 오늘 확, 깨물고 안 죽으믄 사램이 아녀! 그려! 나 개새끼여!"

술을 몇 잔이나 드셨는지 고래고래 소리치며, 집집이 개새끼들 짖게 만드는 칠성 할매의 목소리가 고개 살짝 든 달을 발발 떨게 했다.

두말허믄 잔소리여

— 앵두나무

"야, 왜 기냥 전화를 늦게 받는 겨?"

"일하다가. 왜?"

"아니 어미가 돼서리 새끼가 집에 있는지 없는지도 모르는 겨?"

"왜?"

"솔이가 어젯밤에 그지 꼴로 왔드만 뭔 일인 겨?"

"그놈이 거그로 갔구먼. 썅노무 씨끼."

"뭐여? 왜 기냥 애를 못 잡아 먹어서리 안달인 겨?"

"그 새끼 학교서 애들 패고 와서리 경찰서 가게 생겼길래 승질나서 집 나가라고 소리쳤더니, 가방 싸 들고 엄마헌티 간 겨."

"엥? 올매나 애들을 팼으믄 경찰서 야그까정 나오는 겨?"

"나도 물러. 오늘 학교에서 오라는디 참말로 고개를 못 들고 다닌

다니께. 썅노무 씨끼. 아주 오지 말고 거그서 살라고 혀. 학교고 뭐고 오늘 가서리 퇴학 처리허고 올 테니께."

"느 년은 곱게 컸는 줄 아남? 동네 항아리는 죄다 돌팍 던져서리 깨놓고는 옆집 점순이네 가서 이틀 동안 안 들와놓고서리 지랄이여? 시끄런 소리 말고, 나가 솔이는 달래볼 테니께 니는 핵교 가서 고개 숙이고 잘못했다고 빌고나 와. 백배사죄헌다고 허고."

"엄마는 왜 그려? 내가 때렸어? 왜 내가 백배사죄를 해야 혀?"

"느 새끼 아녀? 느 새끼가 잘못했으믄 그 부모가 책임을 져야 쓸 거 아녀? 느 년 일 치고 다녔을 때는 나가 죄다 빌고 다녔어. 그라고 누가 애 어릴 때 집에 혼자 두고 일 나가랴? 죄다 나헌티 맡겨놓고서는 느년이 헌 일이 뭐 있어, 잉? 아그들은 엄마 손에서 자라야 헌다고 몇 번을 말혔어. 부모 손에서 자라야 바르게 큰다고 입 부르트도록 야그했건만 그리 소 귓등으로도 안 듣더니 이리된 거 아녀? 그라고 느년은 뭐시 잘났다고 지랄이여? 애새끼 낳으믄 잘허고 살아야지 성격 차이가 뭔 말이여? 씨부랄, 나도 느 아배허고 이혼을 혔어도 골백번은 넘게 혔을 껴. 내가 왜 이혼을 못 헌 줄 알어? 다 느 년 때문이여. 내가 내 배속에서 깠으니께 책임을 져야 쓸 거 아녀."

"고만 좀 혀. 왜 기냥 사설이 질어?"

"썩을 년, 아즉도 지 어미 말은 귓등으로도 듣지를 않어. 암 말 말고 핵교 가서 싹싹 빌고 와. 솔이는 걱정허덜 말고."

솔이는 닭집 할머니의 손자다. 어릴 적에는 귀엽더니 고등학생이 되면서 턱수염도 나고 구레나룻도 자라고, 목소리도 굵어지고, 정말 다 큰 어른이 되어버렸다.

솔이가 여섯 살 때, 아빠와 이혼한 엄마 손잡고 닭집 할머니 집으로 왔다. 이야기를 들어보면 혼자 살기도 빠듯했던 솔이 엄마가 잠시 솔이를 맡아 달라 했다는데, 그 잠시가 솔이가 중학교에 들어가서도 훌쩍 넘겼다. 그동안 솔이는 혼자 우울했고, 혼자 슬펐으며, 혼자 엄마, 아빠를 기다렸다.

솔이는 한동안 집 밖으로 나오지 않고, 집 안에 있는 물앵두만 따 먹으며, 닭처럼 구구구 다녔다. 우리가 나오라고 해도 대문으로 빠끔히 쳐다보고는 다시 집 안으로 쪼르르 들어가버렸다. 그 예쁜 짓도 얼마 지나지 않아서 언제 그랬냐는 듯이 하지 않았다. 그렇게 솔이는 어린 시절을 혼자서 때로는 우리와 함께 보내고 집으로 돌아갔다. 그런 솔이가 어젯밤에 혼자 가방 싸 들고 할머니 집으로 왔다. 이타저타 말도 없었지만, 닭집 할머니는 솔이를 끌어안으면서도 내내 좌불안석이었다. 오전 내내 잠에서 빠져나오지 못하는 솔이의 방을 살짝 여닫기를 닭집 할머니는 여러 번 반복했다.

"울 강아지 오째 잠은 잘 잔 겨?"

"할머니."

"밥 묵어야지. 울 강아지 좋아하는 거 해놨는디, 오째 한 순갈 떠야지."

"할머니, 엄마한테 전화 왔어?"

"잉, 나가 혔어. 괜찮어. 울 강아지가 다 이유가 있어서 그랬겄지. 난 느 맴 다 알어."

말없이 밥만 푹푹 떠먹었던 솔이가 갑자기 꺼익꺼익 울기 시작했다. 입에서 밥풀이 튀어나오고 눈물과 콧물은 밥상 위에 범벅이었다.

"아가. 왜 그려? 뭐 땜시 그려?"

닭집 할머니는 꺼익꺼익 우는 솔이를 보며 안절부절이었다. 그러다가 닭집 할머니도 솔이를 붙잡고 꺼익꺼익 울었다. 한동안 그 울음은 계속되었고, 마당에 풀어논 닭만 하늘 보고, 땅 보고, 물앵두만 물러터지고 있었다.

"아가, 할미는 다 알어. 느가 올매나 착한 아긴디. 이 할미는 다 알어."

"할머니, 난 안 때리려고 했는데, 엄마 욕을 하잖어. 그래서…."

“오뗜 썩을 놈이 욕을 허고 지랄이여. 뭐 땜시 욕을 혀?”

“그냥…, 아녀. 할머니, 내가 잘못한 거 맞어.”

“죽어라 돈 벌어서리 핵교 보내놨더니 한다는 짓거리가 넘의 부모 욕을 혀? 이건 선생 잘못이여. 승질이 썩었는디 뭘 가르치겠다고 지랄이여? 아녀. 이건 부모 새끼들 잘못이여. 그따구로 오냐오냐 키우다가는 절단 나는 건 금방이여. 그니께 솔이 느는 아무 잘못이 읎는 겨. 나가 느 어미를 잘못 키워서 그런 겨. 다 내 탓이여. 나 내 탓이니께 넌 아무 잘못이 읎어. 암만.”

닭집 할머니는 밥상을 치우면서 내내 눈물을 훔쳤다. 솔이는 그런 할머니의 뒷모습을 바라보다가 마당으로 나갔다.

“할머니, 나 하루만 있다가 갈게.”

“안 가도 되니께 걱정하덜덜 말고 있어. 그놈의 핵교 안 댕겨도 되니께 암 걱정도 허지 말어.”

“진짜 학교 가지 마?”

“잉, 내가 가르칠 겨. 나가 느 선생허믄 되지 뭐.”

“참말로? 할머니가 내 선생님 할 겨?”

“두말허믄 잔소리여.”

히죽히죽 웃는 솔이의 얼굴을 본 닭집 할머니의 얼굴이 환해졌다. 솔이가 힘들 때 찾아올 곳이 있다는 것에 닭집 할머니는 안심을 했다.

솔이는 그렇게 다음 날 집으로 돌아갔고, 닭집 할머니는 솔이의 뒷모습을 쓸쓸하게 한참 동안 바라봤다.

한동안 수돗가 옆에는 물앵두가 뚝뚝 떨어졌고, 직박구리며 새들이 하나씩 물고 날아갔다. 닭집 할머니는 솔이의 안부를 하루에 한 번씩 물으며, 딸에게 통박도 먹으며, 한 세월 잘 건너가고 계시는데, 간혹 솔이의 깜짝 출현으로 밥숟가락을 놓기도 하고, 주무시다가 벌떡 일어나기도 하고, 화장실에 앉아 있다가도 깜짝 놀라 헛손질하고, 하고….

문턱에 걸리다

— 오동나무

연주 언니네 아부지가 돌아가신 건 순전히 대문 문턱 때문이다,라고 말하고 싶은데, 그도 그럴 것이, 설날에 왔다가 가는 연주 언니 내외에게 인사하고 돌아서다가 대문 문턱에 걸려 넘어지셨다. 손 흔들며 잘 가라고, 잘 살라고, 언제 올지 모르지만 그때 볼 수 있을지 하염없는 기약만 던진 채 돌아섰던 연주 언니 아부지.

뒷산에 유난히 큰 오동나무가 있었다. 오동나무로 연주 언니 시집갈 때 장롱 해주겠다고 했는데, 연주 언니가 다 마다하고 중국으로 떠났다. 그렇게 살아남은 오동나무가 그늘을 깊게 만들어 연주 언니네 마당을 짙게 드리웠다. 그림자가 얼마나 큰지 지붕을 가득 먹은 듯했다.

연주는 동네 끄트머리 집에 사는 나이 많은 언니다. 그러니까 나하고 띠동갑 되는데, 아줌마라고 부르면 언니라고 부르라고 소리를 지르는 바람에 그냥 얼떨결에 언니라고 부르게 됐다. 그런 언니가 결혼한 직후 바로 중국에 이민을 간 후로는 얼굴을 볼 수 없었다. 연주 언니 아버지는 오동나무 그늘 속에서 하늘만 바라보며, 한 소리 또 하고 한 소리 또 했다.

"쓰벌, 넘들은 죄다 중국에서 시집오는디, 뭔 놈에 팔자가 지가 중국으로 건너갔나 모르겄네."

연주 언니 오는 날만 손꼽아 기다리던 연주 언니 아부지가 연주 언니 오기 전날, 앞마당 뒤뜰을 청소하고, 집 구석구석 때깔 나게 삐까번쩍하게 쓸고 닦았다. 그날따라 연주 언니네 개 영심이도 덩달아 뛰고, 짖고, 꼬랑지를 흔들면서 흘러가는 구름을 흐트렸다. 청소라면 담쌓고 살던 분인데, 어쩐 일인지 그날은 유난히 연주 언니네 집이 빛이 났다.

"아따, 오쩐 일로 이렇게 청소를 허고 있다?"
"집이 드러우믄 쓰남. 헐 때는 혀야지."
"당최 청소허고는 담쌓고 사는 줄 알았지."

"낼 연주 온댜."

"아이고 오쩐지 혔어. 올해 설은 혼자 안 보내겄구먼."

"그러게. 근디 자네는 오디 가남?"

"나도 이섭이 온다고 혀서 고기 끊으러 장에 가는디."

"그려? 그럼 가는 질에 나도 쇠괴기 두어 근만 끊어줘. 돈은 줄 테니께."

"사위도 온댜?"

"잉. 오떤 맴을 묵었나 온다네."

"그려. 봐서 낼 자네 사위 보러 함 와야 쓰겄구먼."

"그려. 와서 한잔혀."

이섭이네 아저씨가 길을 밟아 장에 나가시고, 연주 언니네 아저씨는 먼 산을 멀게 그리고 짧게 바라봤다.

밤새 잠을 설쳤던 연주 언니네 아저씨가 아침 일찍 일어나 대문을 열어놓고, 새소리와 바람을 먼저 끌어들였다. 굳은 손에 든 싸리 빗자루로 쓴 데 또 쓸고, 쓴 데 또 쓸었다. 아침은 먹는 둥 마는 둥, 영심이 개밥도 주는 둥 마는 둥, 화장실만 들락날락했다. 유난히 뱃속도 좋지 않고, 아무것도 하고 싶지 않은 날이었다.

"아빠!"

대문 열고 들어선 연주 언니를 먼저 반기는 것은 영심이었다. 어찌 용케도 연주 언니를 잘 알아봤다.

"왔남? 오느라 고생혔어."
"내가 고생했남. 이 사람이 고생했지."

연주 언니는 남편을 그렇게 치켜세웠다. 머쓱하게 서 있던 사위의 인사를 받으며, 방 안으로 든 연주 언니 아버지가 대접한다고, 정말 큰 복 대접에 오렌지 주스를 한가득 따라 왔다. 그래, 이 정도는 돼야 대접이라고 할 수 있다.

연주 언니네 엄마는 연주 언니가 스무 살 되던 해에 위암으로 돌아가셨다. 늘 소화가 되지 않았고, 몸은 비쩍 말라 있었으며, 늘 우울을 얼굴에 달고 다녔고, 급기야는 집 문턱을 넘다가 토혈을 하면서 문턱이며 대문까지 피가 흩어져 있었던 걸로 기억한다. 그렇게 문턱을 넘다가 쓰러져 병원으로 후송된 뒤에는 다시는 집으로 돌아올 수 없었던 연주 언니네 엄마는 늘 언니의 쓰린 가슴 한 자락을 붙잡고 있었다.

"온제 갈 겨?"

"이제 온 사람한테 언제 갈 거냐니?"

무뚝뚝하기로는 목석 저리 가라 할 정도의 연주 언니네 아버지의 말솜씨가 뼈대를 있는 그대로 드러내는데, 연주 언니 한마디에 아무 말도 못 하고 눈만 끔벅이다가 자리를 피했다.

한 이틀 연주 언니네 아버지 가슴팍에 딸년의 상큼한 바람이 불더니 그도 그만 끝내라고 눈이 풀풀 날리기 시작했다. 두 해에 고작 이틀밖에 딸의 얼굴을 보지 못하는 아버지의 마음은 한없이 저려왔다.

"아빠, 밥 잘 챙겨 드시고, 아프지 말고, 전화 자주 할게."

"그려. 느도 아프지 말고. 자네도 건강 조심허고. 사는 거 별거 읎으니께 그저 서로 우하믄서 살어."

발걸음이 떨어지지 않는지 연주 언니는 뒤를 돌아보고 또 돌아보고, 자동차에 올라탈 때까지 내내 아버지의 모습을 바라봤다. 그렇게 돌아선 지 몇 십 분 만에 이섭이네 아저씨의 전화를 받고 돌아온 연주 언니는 내내 아버지만 붙잡고 울었다.

연주 언니 보내고 돌아서다 문턱에 걸려 넘어져 그대로 돌아가신 연주 언니네 아버지의 혼백이라도 있다면 괜찮다고, 이제 가도 괜찮다고, 내내 연주 언니 머리를 쓰다듬고 계실지도 모를 일이다.

5부

이봐 총각, 나 집으로 보내줘

— 팽나무 1

날이 꾸물꾸물한 것이 한바탕 소나기가 내릴 것 같았다. 요 며칠 사이로 날이 흐렸지만, 시원스레 쏟아지지는 않았다.

충명 마을에서는 작년에 태풍으로 소실된 방죽에 바위 쌓는 일을 시작했다. 일 년 내내 군청에 복구 작업을 해달라고 해도 꿈쩍 않더니, 달력 바뀌고 장마 시작되니 이제야 꼼지락거리며, 굴착기로 바위를 옮기는 작업에 들어갔다.

마을 이장인 돼지 아저씨가 노발대발 씨발 연타석으로 난리를 친 결과가 장마 때 시작된 것이다.

돼지 사육도 아줌마에게 던져두고, 방죽 복구 작업에만 매달렸지만, 돼지 아저씨가 원하는 대로 되지 않자, 군수 집무실 앞에 가서 드러눕기까지 했다. 결국은 양쪽 팔다리 다 잡혀 누운 채로 끌려 나왔지만, 돼지 아저씨의 치열한 싸움은 일 년 동안이나 계속되었다.

어지간하면 군청도 들어줄 법한데, 하는 짓이 고약하다고 계속 뒤로 미뤘던 것이다. 돼지 아저씨나 군청이나 한 발도 물러서지 않고 쇠뿔을 들이대며 싸웠으니, 이쪽도 저쪽도 지칠 대로 지쳐서 나중에는 누가 먼저랄 것도 없이 복구 작업이 시작되었다. 그래도 돼지 아저씨에게 미운털 박힌 군청은 술을 마셔도, 마시지 않아도 늘 노가리 같은 존재가 되어버렸다.

"이게 뭐여, 장마 시작됐는디. 군은 그 지랄로 일을 허니 매일 욕을 처먹지."

돼지 아저씨가 코를 벌렁거리며 막걸리를 쭉, 들이마셨다. 그러고는 모가지로 흘러내리는 땀을 손으로 쓱, 문지르며 찌그러진 주전자에서 막걸리를 부었다.

"이러다가 큰비라도 내리믄 마을 다 쓸고 갈 텐디, 오째 일을 이제야 시작하느냐고."

"그러게요, 그렇게 난리를 쳤는데도 씨가 안 먹혀드니."

"우리는 사람으로 뵈지도 않는가 벼. 오째 군수가 그 모냥이여. 사람 좋아 뽑아놨으믄 지 값은 해야 쓸 것 아녀. 왜 날이 가면 갈수록

다 똑같으냐고. 머리 달린 놈들이 한둘이여, 다 달렸는디 왜 그 머리를 지대로 못 쓰느냐고. 지금 돌팍 쌓아봐야 큰물에 휩쓸리는 건 순식간이여. 흙도 돌팍도 오래 뭉치고 다져져야 제구실을 하는디 왜 그걸 모르느냐고. 나 같은 무식쟁이도 아는 사실을 펜대 굴리는 저 새끼들은 뭐 하고 자빠졌느냐고."

"그니께요. 인제 와서 또 얘기해봐야 같은 말만 반복이니. 저놈에 굴착기를 뒤집을 수도 읎고, 그렇다고 이 장마 속을 뚫고 갈 일도 걱정이고. 그나저나 쇠심줄 형님은 어떠셔요?"

"몸져누워 있어. 형수님이 욕보지."

"한의원 가서 침이라도 한 방 맞아야 할 텐디…."

"여기저기 쥑일 놈들이 한둘이여? 쇠심줄 형님이 왜 쇠심줄이여? 힘이 장사에 질기기로 말하자믄 거시기 자동차 바쿠 베껴논 것보다 질긴 양반 아녀? 그런 양반을 굴착기 손으로 밀었으니, 어느 천하장사가 안 넘어지고 배겨. 씨벌 눔들…."

"치료비는 대주나 모르겄네."

"잉, 그건 준다더만."

"…허리에는 지네가 직빵이라는디."

"그렇긴 허지. 그것만큼 좋은 게 읎지. 거시기 굴착기 작업하는 사람들도 일하다 지네 나오믄 바로 잡는다고는 허더구먼."

"그러니께 사다가 드릴까 싶어서요. 약재상 가믄 판다는디… 한

마리 한 마리 잡기도 그렇고 해서리."

"요즘 장에 나오는 지네는 다 중국산이여. 어디 지대로 된 것이 있어야 먹어보라 허지. 후텁지근하니 사람 오장육부 다 긁는 날씨네. 씨벌, 피사리하러 가야 할 텐데, 워째 자네는 피사리 다 혔남?"

"코딱지만 한 논 가지고 피사리는 뭐요."

"코딱지만 한 논도 논이라는디 오째 그려. 이것이 베하고 같이 크니 뽑아줘야 한 톨이라도 더 건지지."

"그러기는 혀요."

돼지 아저씨와 메기 삼촌의 한탄스런 이야기는 끝이 없었다. 매번 만날 때마다 같은 말, 같은 모습이다.

방동사니 모가지 끊으며 걷는 길에 뱁새 떼가 시끄럽게 산으로 날아갔다. 뱁새 무리 길게 그림자가 어둠 속으로 빨려 들어갔다.

메기 삼촌이 들어가지 않고 파란 대문 앞에 서 있는데, 개는 짖지, 마당에다 대고 메기 삼촌 엄니는 밥 달라고 소리 지르지, 문을 밀고 들어가기가 쉽지 않은 모습이 눈앞에 왔다리 갔다리 했다. 사는 게 다 거기서 거기지만 치매 엄니를 모시고 사는 것은 여간 힘든 일이 아니다. 울 할매도 치매로 요양원에 계신 지 오래다. 시집 안 가고 산다고 불쌍하다며, 집 떠날 때 내내 손만 흔들었다. 나를 끝까지 기억할 줄 알았는데, 지금은 있는 인연의 끄냉이도 놓고, 멍한 눈에 먼 산만 들여앉혔다.

메기 삼촌이 두 형님께 엄니를 모시겠다고 말할 때만 해도 어디서 그런 힘이 났는지 만사가 자신 있었다.

결혼도 안 하고 혼자 살겠다고 마음먹었을 땐, 매일 메기 삼촌 걱정만 하는 메기 삼촌 엄니도 메기 삼촌 삶의 한 귀퉁이에 포함되어 있었다. 허나, 사람 일이라는 것이 어디 모두 뜻대로 될까.

시장에 다녀오겠다며 나간 메기 삼촌 엄니가 밤이 되도록 돌아오지 않았다. 동네방네 시장 골목까지 샅샅이 찾아 헤맸으나 보이지 않았다. 파출소에 신고하고 동네 어르신들께 전화 돌리고 기다린 지 사흘 만에 휘청거리며 돌아오셨는데, 몰골이 말이 아니었다.

메기 삼촌 엄니를 모시고 온 경찰 말에 의하면, 매바위 아래 시커먼 것이 있다고 신고가 들어왔다고 했다. 아마도 할매를 신고한 사람은 그 근처에 전원주택을 지어놓고 사는 외지인이었을 것이다.

경찰들이 신고한 장소에 가보니 장바구니 들고 바위 아래서 쪼그리고 잠든 할매를 발견했다는 것이다. 옷은 찢어지고 머리는 헝클어졌으며, 여기저기 찢어진 상처가 가득했다고. 무얼 드시면서 사흘을 지냈을까, 곰곰이 생각해보아도 딱히 답이 나오지 않았다.

여름이라 그나마 다행이지 겨울이었으면 동사했을 것이라고, 경찰에게 여러 차례 당부를 받은 후에야 제자리로 돌아올 수 있었던 할매. 생각 끝에 할매가 흐려진 기억을 더듬으며 어떻게, 어떻게 해서 마을까지는 잘 찾아왔을 것으로 추측했다.

메기 삼촌은 할매의 이상 증세를 미리 알아차렸어야 했는데 눈여겨보지 못했다. 메기 삼촌은 동네 어르신들이 할매에 대해 한 마디씩 물을 때마다 늘 변함없이 얘기하는 말이 엄니가 치매일 것이라는 상상도 하지 못했단다. 꼬장꼬장하기로 말하자면 대꼬챙이도 못 따라올 정도로 자기 일에 철두철미했던 할매였기에 더욱 그 마음은 뭐라 표현할 수 없었다.

메기 삼촌이 대문을 열자마자 접시 하나가 옆으로 날아왔다. 깜짝 놀란 메기 삼촌이 후다닥 문을 닫았다. 나도 뭔 일인가 하고 바라보다가 놀라서 뒤로 자빠질 뻔했다.

"밥 줘! 밥 달라고!"

할매 목소리가 쨍그랑 깨지고 있었다. 마당에는 그릇이란 그릇은 다 나와 있는 듯했다. 개집 옆에는 개똥이 무더기로 앉아 있었고, 할매는 웃통까지 벗어젖힌 채 침을 흘리며 앉아 있었다. 메기 삼촌은 그릇을 포개어 한쪽에 두고 개똥을 치웠다. 다음에 나갈 때는 할매를 방에 묶어놓아야겠다고 말도 안 되는 생각을 품기 시작했다고, 시간이 지난 후 메기 삼촌 엄니가 돌아가시고 나서 이야기를 들었다.

메기 삼촌이 한참 동안 마당을 치우고 있는데, 개가 짖기 시작했다. 뒤돌아보니 미나리 아줌마가 들어오고 있었다.

"엄니가 그랬구먼. 이거 엄니 밥상에 올려드려. 고기 조금 볶았으니께."

"매번 신세 져서 워쩐대유?"

"신세는 무신 신세. 그건 그렇구 시간 날 때 비닐하우스에 와서 일 좀 해줘야 쓰겄는디."

"언제요?"

"내일이든, 모레든. 요즘 미나리 수확 안 허믄 억세지잖어. 일손이 읎어서 죽을 맛이여. 저그, 두꺼비 동상 만나면 야그 좀 전해줘. 내가 왼종일 하우스에 사니께 만날 새가 읎어."

"알았어요."

미나리처럼 물살에 출렁거리는 배를 흔들며 미나리 아줌마가 대문 밖으로 나가자 개가 또다시 짖기 시작했다. 그러자 메기 삼촌이 개 대가리를 빗자루로 한 대 치고 방으로 들어갔다.

방죽 코밑에 자릴 잡은 미나리 하우스는 장마 전후를 기점으로 미나리를 출하해야 한다. 날이 지나면 억세서 먹기에 부담스럽다. 그러니 미나리 아줌마는 얼마나 속이 탈까 싶어 메기 삼촌은 앞뒤 가리지 않고 가겠다고 약속했다.

미나리 아저씨 병으로 잃고, 자식새끼 두 놈 데리고 살겠다고 저리 욕보는데, 매일 해드릴 수 없는 것이 그저 미안함만 가득하다고 메기 삼촌은 늘 아려했다.

메기 삼촌은 방을 치우고 엄니에게 밥을 차려드렸다. 미나리 아줌마가 가져온 돼지고기를 허겁지겁 드시는 엄니를 바라보다가 툇마루에 나앉았다. 돼지 아저씨와 마신 막걸리가 아직도 배에서 출렁거렸다.

아침부터 날이 심상치 않더니, 오후를 지나면서 비가 쏟아지기 시작했다. 쉽게 멈출 비가 아닌 듯, 산 아래로 비구름이 가부좌를 틀었다.

메기 삼촌은 툇마루에 누워 꾸무럭거리다가 엄니에게 머리통을 한 대 맞았다. 언제 들었는지 손에는 프라이팬이 있었다. 정신이 몽롱하고 하도 아파서 머리통만 부여잡고 앉아 있었다. 숨도 제대로 나오지 않았다. 노인 양반 힘이 어디서 나오는지 천하장사가 되어가고 있었다.

"밥 줘!"

"아, 씨…, 좀 전에 드셨잖아요."

"왜 밥 안 줘? 이봐 총각, 나 집으로 보내줘. 집에 가서 밥 먹을 테니까 보내주기만 혀."

"여기가 집인디 오디를 가시려고 그려요, 엄마."

"이 미친놈이 나를 데리고 왔으면 데려다줄 중도 알어야지 오째 붙잡고만 있는 거여."

메기 삼촌은 엄니와 한참을 실랑이하다가 찬밥에 물 말아 들이고는 개 밥그릇을 발로 찼다. 머리 한 대 얻어맞고 그 분풀이라도 하려는 것인지, 개가 갑자기 뛰어나와 이빨 드러내며 짖는데, 메기 삼촌 깜짝 놀라 대문 밖으로 달려 나갔다.

대문 안에서는 개가 짖고, 메기 삼촌 엄니가 소리 지르고, 늘 같은 풍경 같은 소리가 뱅뱅뱅 돌고 있다.

흔적도 없이 사라진

— 팽나무 2

충명산으로 말하자면 말 그대로 충직함이 이루 말할 수 없는데, 두 마을에서 판사가 두 명, 의사가 한 명, 국회의원도 한 명 나왔다. 이렇게 굽어살피는 산에 구멍을 뚫었으니, 이제 충명은 끝났다는 말이 가슴에 와닿았다.

충명산 허리에 구멍이 뚫리면서, 충명 마을과 충민 마을이 갈렸다. 도로가 충명산 허리에 구멍을 내고, 수 대에 걸쳐 해온 논밭이 떡하니 갈린 것이다. 그 일대에 전답이 있는 이들은 보상금을 꽤 많이 받았지만, 그 반대에 있는 사람들은 충명산 허리에 구멍을 냈다고 난리가 났었다.

충명산 신령님 노하면 어찌할 거냐,며 쪼끔 있던 밭 건네며 보상금 받은 두꺼비 삼촌만 늘 문초를 당해야 했다. 물론 두꺼비 삼촌만 일방적으로 당한 것은 아니다. 장구 할배도 미나리 아줌마도 함께였다.

충명 마을 사람들보다 충민 마을 사람들이 도로 내는 데 앞장을 섰다는 것에 더욱 화를 내었다. 이에 노인들은 마을에 망조가 들었다며, 훗날을 두려워했다.

가물가물하지만, 어릴 적 엄니에게 들었던 이야기 중에 당산나무 이야기가 있었다. 물론 내 기억에는 아부지 없는 친구가 많았으며, 제사 음식을 서너 달 잘 얻어먹은 기억밖에는 남아 있는 것이 없었다.

충명산 중심에 당산나무 한 그루가 있었다. 그 자리가 명당 중에 최고의 명당이라, 외지 사람이 그 중심의 땅을 모조리 사들였다고 했다. 마을 사람들은 반대했지만, 군청에서 이미 허가가 떨어진 상태였기에 어찌할 수 없었다고 했다.

그 땅을 산 사람이 모 기업 대표라는 말이 있었고, 부동산으로 벼락부자가 된 사람이라는 말도 있었다. 땅만 파서 먹고사는 사람들이 종이 쪼가리에 쓰인 말이 무엇인지 알 수도 없었고, 그저 지서에 안 잡혀가고 살면 잘 사는 줄 알았다.

그러던 어느 날, 나무하러 갔던 지금은 저승길 밟아 가신 지 오래된 장구 아저씨가 소리소리 지르며 산에서 내려왔다. 장구 아저씨 말을 듣고 동네 사람들이 무더기로 올라가 보니, 어젯밤까지 있던 당산나무가 흔적도 없이 사라진 것이다. 당산나무가 있던 자리에는 흙

더미만 쌓여 있었고, 동네 사람들은 이제 큰일 났다며 한숨 소리를 내던졌다.

동네 어르신들은 제사상부터 준비해서 당산나무가 있던 자리에 가서 제사를 지냈다. 동네 아저씨들은 당산나무를 찾으러 이리저리 돌아다녔다. 그러나 당산나무 가지 하나도 찾을 수 없었다. 그로부터 얼마 지나지 않아 무슨 조홧속인지 거짓말처럼 동네 아저씨들이 여럿 죽어 나갔다.

산에 산삼 캐러 갔다가 낭떠러지에서 떨어져 죽고, 멀쩡했던 아저씨가 뒷동산 소나무에 목매달아 죽고, 읍내에 일 보러 나갔다가 버스에 치여 죽고, 말도 안 되게 소 뒷발질에 죽고, 심장마비로 죽고, 졸음운전에 죽고….

그렇게 석 달 동안, 동네 곳곳에 꽃상여 태우는 냄새가 진동했다. 장정들이 죽어나갈 때마다 노인들은 당산나무 있던 자리에 가서 빌었다. 빌어도, 빌어도 끝이 없을 것 같던 죽음은 삼 개월 동안 계속되다가 이장의 심장마비로 막을 내렸다.

이십 몇 년이 넘게 흐른 지금, 당산나무가 있던 자리에는 아무것도 없다. 단지, 접근을 금하는 표지판만 계절을 나고 있다.

그렇게 흐른 시간 속에서 그 땅의 주인이 어느 회사의 사장이라는 말에 힘이 실렸다. 충명 마을에 사는 목화 아저씨네 먼 친척이라는.

뭐, 그 말이 사실인지는 모르겠으나, 이미 흐른 세월을 뒤집을 수도 없는 일이라는 거다.

말도 제대로 섞지 못하는 메기 삼촌 엄니와 메기 삼촌이 한참 동안 말씨름을 했다. 그러다가 메기 삼촌이 툇마루 위에 올려두었던 막걸리를 들고 밖으로 나갔다. 그러고는 대문에 열쇠를 채우며 문틈새로 안을 살폈다. 순간, 깜짝 놀라 뒤로 자빠질 뻔했다. 언제 나왔는지 할매가 비에 흠뻑 젖은 채, 대문 틈새로 메기 삼촌을 바라보고 있었다. 할매의 시커먼 눈동자가 메기 삼촌을 똑바로 응시하고 있었다는 얘기를 하면서도 소름이 가시지 않는지, 내내 팔을 쓸어내렸다.

소름 돋은 온몸을 감싸 안고 서둘러 쇠심줄 아저씨 집으로 가면서도 내내 뒤를 돌아봤다는데, 모퉁이를 돌아 큰길까지 무슨 생각으로 달렸는지 바짓가랑이가 다 젖어 질퍽거렸다.

냅다, 쇠심줄 아저씨 집으로 달렸던 메기 삼촌이 숨을 할딱거리며, 대문 앞에 서 있는데, 갑자기 뒤에서 누군가 메기 삼촌의 어깨를 잡았다. 깜짝 놀란 메기 삼촌이 큰 소리를 질렀다.

"아니, 성님! 몇 번을 불렀는디 이리 못 들어유? 몸은 왜 이리 떨고, 꼭 못 볼 거라도 본 사램처럼."

자라보고 놀란 가슴 솥뚜껑 보고 놀란다고, 소리 지른 입이 갑자기 딱, 달라붙은 채 잘 떨어지지 않았다.

가슴팍에 품고 있던 막걸리 뚜껑이 어디로 갔는지도 모른 채, 앞섶이 다 젖어 있었다. 언제 뒤따라 왔는지 두꺼비 삼촌이 다가와 있었다.

"암것도 아녀, 자네는 어디 다녀오남?"

"군청에 다녀오는 길인디, 방죽 복구 작업 때문에 일 좀 보러유. 근디 어디 가셔유?"

"쇠심줄 형님헌티."

"같이 가유, 지도 쇠심줄 형님 문병 한 번 가야지 했는디 이참에 잘 됐네유."

"그려."

마을 사람들은 부르기 쉽게 이름은 내버려두고 얼굴과 생김새만 가지고 별명을 지어 불렀다. 두꺼비라는 별명도 두툼한 입술과 툭, 튀어나온 광대뼈 때문에 붙은 것이다. 한데, 이 두꺼비 삼촌은 자신의 별명을 아주 흡족하게 생각하는 눈치였다. 하루는 두꺼비라는 별명이 마음에 드느냐고 물으니, 요즘 진짜 두꺼비 보기도 어렵고, 세상이 또 바뀌면 천연기념물이 될 것 아니냐며, 울안에 돌 두꺼비 모셔두면 그 집은 성공한다며, 자신의 별명에 아주 만족해했다. 그 말에 일리가 있어서 나는 아무 말도 못 하고 그냥 미소만 보였다.

뒷모습

— 팽나무3

추적추적 내리기 시작한 비가 어느새 쫙쫙 비닐하우스 찢어지게 쏟아지고 있었다. 비에 쫄딱 젖은 미나리 아줌마네 개 삼순이가 메기 삼촌을 피해 뛰어가다가 미끄러져 넘어졌다가 다시 뛰었다. 삼순이 모습을 본 메기 삼촌이 살짝 웃으면서 소리를 질렀다.

"삼순아, 그리 뛰다가 또 자빠진다!"

삼순이는 한쪽 눈이 다쳐서 잘 보지 못한다. 산에 들어갔다가 숨만 깔딱깔딱 쉬는 것을 발견한 건 쇠심줄 아저씨였다. 삼순이를 들고 내려오면서 얼마 못 살겠다며, 미나리 아줌마한테 건냈다. 삼순이가 어쩌다가 그리 초주검이 되었는지는 모른다. 돌아다니는 깡패 개

하고 맞짱을 떴는지, 벼랑에서 떨어졌는지 알 수가 없다. 단지 아는 것은 눈 한쪽을 잃었다는 것이다.

쇠심줄 아저씨네 대문 안으로 메기 삼촌과 두꺼비 삼촌이 들어서니 쇠심줄 아줌마가 술상을 들고 들어가고 있었다. 두꺼비 삼촌이 뻘쭘하게 서 있는 사이에 메기 삼촌은 먼저 달려가 아줌마의 손에서 술상을 건네받았다.

"허리도 안 좋다면서 이런 무거운 물건을 들고 그랬싸요."

쇠심줄 아줌마는 메기 삼촌의 인사를 받으면서, 눈은 두꺼비 삼촌에게 가 있었다. 쭈뼛거리며 서 있던 두꺼비 삼촌이 큰 소리로 인사를 했다. 인사를 받는 둥 마는 둥 얼른 자리를 떠나버린 아줌마의 뒷모습을 두꺼비는 그저 웃으며 바라봤다.

방문을 열고 안으로 드니 쇠심줄 아저씨와 돼지 아저씨가 앉아 있었다. 인사할 것도 없고, 그저 술상을 들이밀고 돼지 아저씨 옆에 앉은 메기 삼촌은 두꺼비 삼촌을 눈짓으로 불러들였다.

"들어와, 비 많이 오는디."

"허리는 좀 어때유?"

"괜찮어. 저번보다는 많이 좋아졌어."

"다행이네유,"

두꺼비 삼촌이 방바닥에 앉으면서 인사치레로 몇 마디 건냈다. 그러고는 술 따르는 소리와 목구멍으로 술 넘어가는 소리만 가득했다. 이 조마조마한 줄타기가 언제까지 지속될지 알 수 없었다.

"그려, 두꺼비 자네는 어찌 지냈남?"

무거운 분위기를 깨트린 것은 쇠심줄 아저씨였다. 메기 삼촌은 그저 열어논 문밖에 비 내리는 모습만 바라봤다.

"그냥저냥 지내유."

"그냥저냥은 무신…."

돼지 아저씨가 두꺼비 삼촌 말에 토를 달았다. 갑자기 비가 세차게 내렸다. 앞이 뿌옇다. 쇠심줄 아저씨도 아무 말 없이 막걸리를 들이켰다.

"자네는 혼자 오라니께 왜 혹을 달고 왔어?"

엄한 불똥이 메기 삼촌에게 떨어졌다. 중간에 만나서 함께 왔다고 하려다가, 입술을 깨문 메기 삼촌이 무안한지 고개를 들지 못했다.

"중간에 만나서 쫒아왔슈."

"반기는 사람두 읎는디."

두꺼비 삼촌은 아무 말 없이 막걸리를 들이켰다. 메기 삼촌은 겉으로 표시가 날 만큼 얼굴이 화끈거렸다. 보나 안 보나 속에서는 안절부절이 날뛰고 있을 것이다. 돼지 아저씨의 부릅뜬 눈에 살기가 가득했다. 두꺼비 삼촌은 표정 변화 없이 막걸릿잔만 뚫어져라 바라보고 있었다. 그 표정이 더 미웠는지 돼지 아저씨는 쇠심줄 아저씨 뒤로하고 천천히 입을 벌리기 시작했다.

"군수 따까리 노릇 하느라 욕보는구먼."

"지가 무슨 따까리 노릇을 한다고 그런대유?"

"따까리가 아니믄 뚜껑이여?"

"지가 뭘 그리 잘못했다고 그래쌌나 모르겄네."

"잘못을 물러?"

두꺼비 삼촌도 지지 않고 계속 돼지 아저씨의 말을 받아쳤다. 무슨 탁구공도 아니고 이리저리 말이 왔다 갔다 했다. 메기 삼촌은 가랑이 사이에 두 손을 꽂은 채 고개를 숙이고 있었다.

"니가 잘못한 게 왜 읎어. 잉! 방죽 복구 문제를 내가 모를 줄 알어? 귀 닫고 있으면 아무도 모르는 줄 알지!"

쇠심줄 아저씨는 돼지 아저씨 목소리가 높게 올라가도 아무 말 없이 담뱃갑만 만지작거렸다. 중간에 앉아서 이러지도 못하고, 저러지도 못하고 빗소리만 듣는 둥, 마는 둥이었다.

"군청에서 시키는 대로 다른 동네는 먼저 수해 복구해주고, 그 동네서 돈 받아 처먹은 거 알 사람들은 다 알어."

"내가 무슨 돈을 받아먹었다고 이러는 겨, 시방. 봤슈? 내가 먹는 거 봤냐구? 왜 생사람을 잡고 지랄인 겨?"

두꺼비 삼촌의 붉은 눈이 돼지 아저씨한테 꽂혔다. 얼굴이 붉으락푸르락, 건드리면 터져버릴 것 같았다. 돼지 아저씨도 한 성질 하는 사람이라, 두꺼비 삼촌한테 지지 않았다.

"너는 군에서 조정하는 대로 다 하잖어. 충명산 구멍 뚫을 때도 먼저 앞장서서 길 내자고 했고, 그 땅 다 팔아먹었으믄 조용히 살 것이지, 이번에는 우리 동네서 돈 안 주니께 다른 동네로 눈 돌린 거 이 동네 사람들 죄다 안다고! 사람만 알간? 한쪽 눈먼 삼순이도 알 겨."

비아냥거리며, 두꺼비 삼촌을 향해 쏘아대는 돼지 아저씨의 말은 두꺼비 삼촌의 가슴에 쏙쏙, 꽂혔다. 두꺼비 삼촌은 주먹을 벌벌 떨면서 돼지 아저씨한테 소리를 질렀다.

"아, 씨벌 내가 뭘 어쨌다고 지랄이여. 씨벌."

"이 새끼가 여기가 어디라고 지랄이여! 씨벌? 어디서 씨벌이여. 너한테 욕먹을 사램이 어디 있다고 지랄이여! 이런 씨벌눔의 시키가!"

돼지 아저씨와 두꺼비 삼촌이 동시에 메기 삼촌을 밀치고 멱살을 잡았다. 두꺼비 삼촌은 이미 독기가 올라 돼지 아저씨의 목을 움켜쥐었다. 돼지 아저씨도 밀리지 않고 두꺼비 삼촌의 목을 한껏 졸랐다.

기 싸움은 시간 싸움이다. 어느 쪽이든 먼저 걸면 끝이 날 것이다. 메기 삼촌은 말리는 척하면서 오히려 이들의 싸움을 부추겼다. 언제든 터질 것이라면 지금 터져버리고 빨리 끝나는 것이 좋겠다, 싶었다. 쇠심줄 아저씨도 같은 생각인지 그만하라고 소리만 지를 뿐 어떠한 행동도 취하지 않았다.

한참을 씩씩거리며 붙어 있던 두 사내가 조금씩 흔들리기 시작했다. 그러고는 두꺼비 삼촌이 먼저 손을 풀었다. 그러자 돼지 아저씨도 손을 풀었다. 주먹을 휘두를 것 같았던 살벌한 기운은 어디로 사라졌을까. 두꺼비 삼촌의 힘줄이 불끈불끈 올라온 팔뚝과 굳은살이 박인 손등. 누구든 이 손에 맞는다면 그 후는 병원 입원실에서 볼 것이다.

두꺼비 삼촌이 주전자를 들어 막걸리를 통째로 마셨다. 그러고는 비 내리는 밖에 나가 한참을 서 있다가 소리를 지르며 달려갔다. 쇠심줄 아저씨는 아무 말 없이 두꺼비 삼촌의 뒷모습을 바라봤다. 두꺼비 삼촌은 돼지 아저씨의 배다른 동생이다.

그날 비가 엄청 내렸다. 동네방네 이장님 마이크로 연세 드신 분들은 나오지 말고 집에 있으라는 소리가 찰방찰방 들렸다. 두꺼비 삼촌이 빗속으로 달려가고 한동안 모습이 보이지 않았다. 들리는 소문에도 두꺼비 삼촌은 없고, 미나리 아줌마네 집에 다녀갔다는 소리도 없었다. 아마 어딘가에서 영역을 표시하며 두꺼비처럼 꾸웩꾸웩 울고 있을지도 모를 일이다.

산다는 건 정말

— 팽나무 4

돼지 아저씨의 아버지는 충명 마을에서 한가락 하는 인물이었다. 돈도 많고, 인물도 좋았다고 얘기는 들었지만, 실질적으로 본 적은 없다. 단지 돼지 아저씨의 얼굴을 보면서 미남형에 속했을 것이라는 생각만 접었다 폈다 했다.

돼지 아저씨의 아버지는 주체할 수 없는, 거룩한 불알의 힘으로 이웃집 처자를 건드렸다. 사랑? 그런 마음은 일절 없이 몸이 먼저 행동을 했다.

그때 당시 돼지 아저씨가 세상에 나와 학교라는 곳에 첫발을 내디뎠던 시절이었다. 충명 마을 일대에 돼지를 가장 많이 기르며, 돼지 유지였던 돼지 아저씨 아버지는 어깨에 힘을 팍, 넣고 다녔다.

늦은 밤, 돼지 아저씨의 아버지가 집으로 오다가 마실 가는 처자의 뒤를 밟았다. 그 처자가 누구 집 딸인지, 아내인지 그런 것은 중요하지 않았다. 당장 처자를 취하고 싶은 마음만 앞설 뿐이었다.

거룩한 불알을 흔들며, 뿌린 씨앗이 두꺼비 삼촌이었다. 돼지 아저씨의 아버지는 동네 모르게 그 처자 집에 돈을 엄청나게 주었다. 허나, 비밀은 어디까지나 그 순간뿐이었다. 돼지 아저씨의 아버지가 건드린 처자는 임신 사실을 알면서도 보란 듯이 한마을에 살면서 두꺼비 삼촌을 낳았다.

메기 삼촌은 이상하게 마음도 그렇고, 꿈자리도 뒤숭숭하다고 한참 동안 툇마루에 앉아서 일어나지 않았다. 간밤 꿈에 저승 가신 아버지가 보이고, 물이 찬 관이 보였다고 했다. 심란한 마음으로 내내 마루에 앉아 비비대던 메기 삼촌이 엄니 손에 과자 봉지를 쥐어 드리고 만화를 틀었다. 메기 삼촌 엄니는 무엇이 그리 재미있는지 웃음소리가 빗소리보다 크게 울렸다.

이 동네에 산 지 여러 고개 넘었지만, 이렇게 비가 많이 내린 적은 없었다. 잠시 그치지도 않고 주야장천 퍼부었다. 한참을 멍하니 앉아 있던 메기 삼촌 집으로 미나리 아줌마가 뛰어 들어왔다.

"여 봐! 빨리! 우리 하우스 좀 가줘!"

"왜유? 왜?"

메기 삼촌은 다급한 마음에 맨발로 뛰어나갔다. 미나리 아줌마의 얼굴은 온통 빗물이 흘러내리고 있었다. 비옷도 입지 않았다.

"방죽이 터지게 생겼어, 우리 하우스로 넘어오게 생겼는디 오째."
"방죽이 터지면 우리 동네가 다 절단 나는디."

충명 마을뿐만이 아니었다. 우리 할매 집도 방죽 옆으로 걸쳐 있었다. 뒤에는 밤나무 산이고 앞만 훤할 뿐이다. 다급한 마음에 메기 삼촌은 알아듣지 못하는 엄니 허리에 소창 끈을 묶고, 길게 기둥까지 연결했다.

"엄니, 어디 가면 안 돼유? 지 말 꼭 알아들으셔야 해유? 여기서 기다리셔야 해유? 알았쥬? 꼭이유?"

메기 삼촌 엄니는 아무 말 없이 웃으며 고개를 끄덕였다. 그러고는 한참 메기 삼촌 눈을 들여다보더니, 과자 가루 잔뜩 묻은 손으로 얼굴을 만졌다. 순간, 메기 삼촌은 온몸이 얼어버렸다. 옴짝달싹할 수 없었다. 밖에서 미나리 아줌마가 소리를 지르지 않았다면 메기 삼촌은 아마 그 상태 그대로 얼어버렸을지 모른다.

대문을 열고 미나리 아줌마 따라 뛰어가던 메기 삼촌이 뒤를 돌아봤을 때는 엄니가 보이지 않았다. 아무 일 없을 거라는 생각에 생각을 만들며 방죽으로 달렸다. 그곳에 가 보니 동네 장정들이 다 나와 있었다.

"내가 이럴 줄 알았어. 이런 개새끼들, 우리보고 다 죽으라는 거 아녀?"

돼지 아저씨가 소리를 지르고 있었다. 급한 대로 돌무더기를 쌓아가면서 방죽 틈을 메워가기로 했다. 미나리 아줌마네 하우스 한 동은 이미 철근이 한쪽으로 넘어져 있었다. 이러지도 못하고, 저러지도 못하는 미나리 아줌마는 발만 동동 구르고 있었다.

"씨벌놈들, 죄다 쥑일 놈들이여. 그렇게 얘기할 때는 들어 처먹지도 않더니 여기도 막어야겄네. 이걸 어째."

아저씨들 모두 비에 젖어 온몸을 덜덜 떨었다. 한쪽 터진 구멍을 큰 돌로 막았다. 여기저기서 지르는 소리에 귀가 먹먹했다. 한동안 말없이 서 있던 메기 삼촌이 자꾸 집 쪽으로 고개를 돌렸다.

“왜 이러고 서 있어? 손이 급한디? 오째 그려?”

장구 할배가 씩씩거리며 메기 삼촌 등을 쳤다. 장구만 만들던 고운 할배 손이 찢어지고 피가 났다. 달려가서 돌을 쌓고 모두 미나리 하우스 쪽으로 갔다. 비가 그쳐야만 하우스에 손을 댈 수 있을 것 같았다. 한참을 넋을 놓고 방죽 쪽만 바라보던 마을 사람들이 하나 둘씩 집으로 돌아갔다. 빨리 집에 가고 싶은 메기 삼촌이 서둘러 길을 나섰다.

“이 봐! 이런 날 집에 가봐야 속만 타니 가서 술이나 한잔허지?”

막, 돌아서는 메기 삼촌을 붙잡은 건 돼지 아저씨였다. 동네 사람들과 함께 돼지 아저씨 집으로 갔다. 술이 목구멍으로 들어가는지 콧구멍으로 들어가는지도 모르게 마셨다. 그런데 아무리 마셔도 취하지 않았다. 메기 삼촌만 그런 것이 아니었다. 모두 마셔도, 마셔도 취하지 않았다.

그렇게 밤이 오고 있었다.

메기 삼촌은 집에 잠시 다녀오겠다고 말한 뒤, 대문을 나서자마자 달렸다. 집까지는 얼마 걸리지 않았다. 대문을 열고 들어가 보니 메기 삼촌 엄니가 코를 드렁드렁 골며 주무시고 계셨다. 안심이랄까? 메기 삼촌은 침이 흘러내린 메기 삼촌 엄니 입가를 닦았다. 그러고는 저녁을 준비했다. 메기 삼촌은 엄니가 좋아하는 계란찜을 해서 놓았다. 전부터 드시고 싶다던 고등어도 한 마리 구웠다. 머리맡에 저녁상을 준비해 놓고 다시 돼지 아저씨 집으로 갔다.

"엄니는?"

쇠심줄 형님이 엄니의 안부를 물었다.

"주무셔요. 저녁상 봐놓고 왔으니께 일어나시면 드시겄쥬."

방죽 이야기와 비 이야기, 군청 이야기가 방 안을 돌아다녔다. 한숨과 푸념과 욕이 한데 어우러졌다. 비는 낮보다 더 세차게 내렸다.

쾅! 쾅! 두 번 크게 쳤다. 그러고는 우르르르, 무엇인가 쓸려 내려가는 소리가 진동했다.

방 안에 있던 사람들은 일제히 자리를 박차고 대문 밖으로 달려 나갔다. 각자 집으로 달렸지만, 방죽 밑에 있는 집에 갈 길은 없었다.

메기 삼촌은 온몸이 얼어붙어서 움직이지를 않는지 벌벌 떨기만 했다. 메기 삼촌은 집으로 달렸다. 아니 천천히 걸어갔다는 것이 맞을지도 모른다.

동네 사람들은 멍하니 나무와 돼지와 개가 휩쓸려 내려가는 모습만 바라볼 뿐이었다. 여기저기서 소리를 지르고 울며 쓰러졌다. 망연자실, 아연실색 그 자체였다.

메기 삼촌은 주무시고 계시던 엄니가 눈앞에 아른거렸다. 메기 삼촌 얼굴을 만지며 바라보던 엄니가 아른거렸다.

그렇게 아침이 왔다. 울고불고 가슴을 치며 바라본 충명 마을은 말 그대로 쑥대밭이 되었다. 부슬비가 내리는 가운데 충명산에서 쏟아진 토사는 강물처럼 콸콸, 흐르고 있었다.

쓸려 내려갈 건 다 쓸려 내려간 뒤 모두 각자의 집으로 뛰었다. 그러나 길은 어디에도 없었다. 판자때기를 무릎으로 밀면서 나무 막대기를 휘저어가면서 모두 뛰었다.

돼지 아저씨는 쑥대밭이 된 논과 들을 보며 소리를 질렀다.

"씨벌, 씨벌."

산다는 건 정말 좆같은 일이다. 씨벌 같은 일이다. 어찌 이 마을에 이런 변이 난 것일까.

돼지 아저씨는 그저 엉엉 울고 있을 뿐이었다. 돼지 아줌마는 울고 있는 아저씨를 감싸거나 안아주지 않았다. 그저 멍하니 먼 산만 바라봤다.

메기 삼촌은 별의별 생각의 감옥에 갇혀서 혼자 외롭게 울었다. 엄마는 잘 주무시고 계실까. 머리맡에 차려놓은 밥은 드셨을까. 또 비 맞고 서 계신 건 아닐까. 우리 엄마 얼굴은 어떻게 생겼지? 이런저런 생각 끝에 집으로 달렸다. 정신없이 달리다 보니 파란 대문이 보였다. 한데, 한쪽 대문이 어디로 휩쓸려갔는지 보이지 않는다. 벽도 허물어졌다.

"엄마! 엄마!"

몸을 밀며 마당에 들어서니 뒷산에 흙이 집을 덮쳤다. 메기 삼촌은 엄마를 아무리 불러도 소리 없이 부슬비만 내렸다. 개도 소리가 없고, 텔레비전 소리도 없었다.

"엄마! 어디에 있어! 말 좀 해보라고!"

메기 삼촌은 악을 써가며 불러보았지만, 충명산 꼭대기에서 천둥만 우르르, 우르르거렸다. 마당을 헤치며 길을 짚었던 메기 삼촌은 툇마루라 짐작되는 곳에 서서 둘러보았다. 꺾인 기둥에 소창 끈이 보였다. 흙탕물에 물들어 끈이 흰색이었는지 알 수 없었다. 우선 소창 끈을 잡아당겼다. 팽팽하게 당겼는데도 꿈쩍하지 않았다. 아무리 잡아당겨도 움직이지 않고, 오히려 끈이 흙 밑으로 끌려 들어가는 듯했다. 메기 삼촌은 손으로 흙을 퍼내고, 보이는 그릇이나 대충 퍼낼 수 있는 것으로 또 흙을 퍼냈다. 그러고는 다시 한 번 끈을 잡아당겼다. 애가 까맣게 탄 메기 삼촌은 엉엉 울고 있었다. 금방이라도 엄마가 보일 것 같았다. 힘껏 잡아당겨 끌어 올렸다. 엄마. 엄마.

메기 삼촌 엄니는 돌아가셨다. 메기 삼촌은 한동안 집에서 술만 마셨다. 떠내려간 돼지를 봤다는 소식이 들려온 지 여러 날이 지났다. 복구 작업은 계속되었고, 돼지 아저씨는 씨벌, 소리만 한가득 쏟아냈다.

6부

말복

"점심때 계 모임 있슈. 밥은 상 위에 차려놓을 테니까 알아서 드슈."

"내가 한두 살 먹은 애덜두 아니구…, 알아서 먹을 테니께 걱정하덜 말어."

현관문 밀치고 나가니 햇빛이 엄청나게 달려들었다. 뒤집어진 개밥그릇만 멀뚱거리며 바라보는 개에게 배상 씨는 건빵 하나를 던져주고, 겉옷을 훌러덩 벗어 던졌다. 런닝구에 숭숭 뚫린 구멍 사이로 까맣게 그을린 등이 반점으로 나타났다.

"무슨 날씨가 이 모양이야. 날 잡아먹겄구먼. 이노무 날도 언능 지

나가야지, 에이 젠장…."

배상 씨는 뙤약볕을 등지고 앉아 그물망을 손질했다. 그물 사이사이 햇볕이 뜨겁게 달라붙었다.

바지락은 그만 잡아오라고, 냉장고에 들어갈 틈이 없다고 퉁박을 주었지만, 이내 한소리 여사 말은 식은 죽 넘기듯이 목구멍 깊숙이 들어간 뒤였다. 한소리 여사 말은 씨도 안 먹힌다는 듯이 개는 헉헉거리며 오전의 해를 침으로 흘리고 있었다.

귀가 순해진다는 나이를 넘기고도 산고랑 여러 번 넘었지만, 순한 귀와 순한 입은 어디로 간 것일까. 넘을 고개 다 넘어놓고 개새끼 밥그릇에 붙은 밥풀처럼 바짝바짝 말라가기만 했다.

늙으면 늙을수록 서로 다독이며 어깨라도 주물러주는, 애정의 한 토막을 그림으로라도 그려야 할 법하지만, 이 모든 것은 사진이나 달력 또는 어쩌다가 오는 산악회 엽서에 오래된 그림 같다는 것이다.

성질은 오르락내리락하고 사소한 것에 목숨을 걸고, 너 죽고 나 살자는 우격다짐의 가훈을 내건다는 것이다. 얼굴만 보면 목에 있는 점까지도 싸울 거리가 된다는 것. 거리라는 것이 만들기만 하면 된다는 것. 그렇다고 한소리 여사와 배상 씨가 겁나게 싸우느냐? 그것도 아니다. 남들이 보면 잉꼬부부 저리 가라 할 정도로 정이 좋다. 털털털 오토바이 뒤에 한소리 여사를 태우고, 산으로 바다로 오빠 달려! 그려 달려보자고! 해도 보고, 달도 보고, 도로에서 죽어 자빠진 고라니를 뒤로하고 오빠 달려!라는 것. 산에 들에 진달래 피면 꽃 꺾어서 대충 창문가에 놓는 센스까지. 골골거리며 팔십은 가련다!

한소리 여사는 젊어서 고생은 사서도 한다는 말에 반감을 품었다. 젊어서 고생하니 늙어서 몸 고생한다고, 이 지글지글한 아픔을 이 갈아 무덤까지 간다며, 약봉지가 이 구석 저 구석에서 한 봉지씩 나왔다. 그래도 살아야겠다고 혈압약에 골다공증약을 사탕처럼 먹었다.

배상 씨의 사랑은 큰 소리를 지르며 장난치는 것인데 남들이 보면 저 집안에 큰 싸움이 났을 것이라는 추측도 심히 해볼 수 있다는 것이다. 목청은 폭포수 소리를 뚫는 듯하고, 몸집은 강호동보다 좀 더 크다. 경운기에 옷자락이 빨려 들어갔어도 경운기 대가리 붙잡고 온몸으로 지탱했던 배상 씨.

자글자글 끓고 있는 오전의 더위를 그물과 함께 엮어가고 있는 배상 씨는 내내 말이 없었다. 묵묵히 조리와 그물만 만지작거리며 딴생각에 머물러 있었다. 한소리 여사는 그런 배상 씨 옆을 지나다니며 꽃에 물을 주었다.

"땡볕에 물을 주면 쓰남?"

배상 씨의 말에 아무런 대꾸도 없이 물을 주는 한소리 여사에게 또 한 소리 던지는 배상 씨의 얼굴은 이미 붉게 상기되어 있었다.

배상 씨의 꼭지가 뱅뱅 돌기 시작한 건 전부 다 이 뜨거운 태양 탓으로 돌리고 있었다.

"땡볕에 물을 주면 쓰냐고? 내 말이 안 들려? 어째 사람이 얘길 하면 가타부타 무슨 말이 있어야지 입에 꿀 발랐나 말이 읎어. 귓구녁에 못이 박혔나…."

"말을 해도 예쁜 소리 한마디 못 하지. 내 입에 당신이 꿀 발라줬소? 왜 내가 내 꽃한테 물 주는데… 내가 한겨울에 물을 주든, 비 올 때 물을 주든, 무슨 상관인가 모르겠네. 말을 해도 지서에 잡혀갈 소리만 허고."

고운 소리도 한두 번이라는데, 이건 입에서 나오는 대로 한다며 통박에 면박을 통틀어 박이란 박은 모두 배상 씨에게 날렸다.

구시렁구시렁 바람으로 머문 자리에 휑하니 빠져나가는 것은 침묵이었다. 늙은 부부가 정을 나눈다는 것은 말다툼이 남은 삶의 반을 다 차지한다는 거. 그게 사랑이라고 굳건하게 믿고 있는 것은 한소리 여사와 배상 씨뿐만이 아닐 것이다. 들춰보시라. 내 아버지, 어머니의 사랑이 그저 곱고 고운 것만은 아니라는 거. 살면서 그렇게 믿게 된다는 거.

오전 11시 30분쯤 길을 나선 한소리 여사. 뒤통수에 날리는 것이 어디 바람뿐일까. 그물 정리하던 배상 씨가 주먹 쑥떡을 있는 대로 날리는 중이라는 것을 알 턱이 없었다.

구부정한 허리 곧추세우고, 모처럼 내어 입은 치마 흔들며 삐딱하게 걷고 있는 한소리 여사는 기분이 썩 괜찮았다. 시원하게 매미 소리가 한소리 여사의 치마를 들치면서 울고 있었다.

"지수 성님은 언제 밥 한번 살 겨? 큰애 시청에 들어갔으믄 한번 사는 것도 좋지."

"암, 좋고말고. 오늘은 옻닭 먹고, 가까운 날, 날 잡아서 오리탕 먹으러 가자고."

"좋지, 옻 넣고 하는 오리탕도 있다는데 거기로 가자고. 여름에는 역시 옻이 최고여."

"그러지 뭐, 북 장사 세월없다는데 한번 놀아보자고."

여기저기서 웃음소리가 여름 뙤약볕을 누르며 신이 나 있었다. 닭다리도 뜯고, 손가락도 빨고 흥에 겨워 마당에 풀어놓은 닭에게도 살점을 조금씩 던졌다. 자기 종족을 맛나게 먹는 닭을 보면서 한소리 여사는 몸을 웅크렸다.

살을 쪼아 먹는 닭을 한참 바라본 한소리 여사는 옻 생각에 뒷머리가 쭈뼛거렸다. 한소리 여사는 옻하고는 친하고, 옻도 한소리 여사의 뱃가죽에 척척 달라붙어서 뱃심을 내게 해주는 원동력이라는 거. 헌데, 같이 배 맞대고 자는 배상 씨는 옻과 상극이라는 것이다. 옻이란 말만 들어도 온몸이 근질근질하다면서 다리를 벅벅 긁는다는 것이다.

어렸을 적, 산에 나무하러 갔다가 옻나무를 건드렸던 배상 씨. 몇 날 며칠 온몸에 불이 났다. 하필이면 구멍이란 구멍에 오돌도돌 뻘겋게 옻이 옮았다. 입 구멍, 똥구멍, 거시기까지 죄다, 긁어도 민망한 구석만 긁었다는 거. 일주일 앓고 난 뒤에야 시커멓게 변한 것들에게 욕 죄다 퍼주고 다시는 옻과 상종을 않겠다며, 산에 가서도 다시 보자! 철두철미! 옻나무였다.

배상 씨의 속을 누구보다 잘 알고 있는 한소리 여사는 옻닭에 젓가락을 얹기가 여간 거북한 것이 아니었다. 이리저리 생각해봐도 뾰족한 수가 없었다. 구더기 무서워 장 못 담그느냐고, 발가락 담근 김에 수영한다며, 숟가락 푹 집어넣고 한 숟가락 후후, 불며 입속으로 넣는 순간 찌르르한 것이 옻닭과의 접신이 이루어진 것이다. 누가 볼까, 절대 두려워하지 않는 한소리 여사는 옻닭 국물부터 후루룩 마신 후 다리 하나를 쭈욱, 찢어서 한입 우걱우걱 쩝쩝 씹어 먹었다.

온통 주위가 매미 소리와 쩝쩝대는 소리로 한 데 뭉쳤다 흩어졌다.

여기까지다. 한소리 여사가 아무 생각 없이 노란 옻 국물을 마시며 배를 만지작거린 것은.

밭머리에 앉아 있다가, 서성이다가, 집 안을 들여다보다가, 배상 씨가 안에 있는지 무엇을 하는지 여러모로 여러 귀퉁이에서 바라보며 안절부절못하였다.

가끔 한 번씩 게트림 길게 해주고, 또 쪼그려 앉아 대문 안만 바라보는데, 한참을 서성여도 배상 씨가 보이지 않자 쏜살같이 방으로 뛰어들었다.

수돗가에 가서 이를 세 번 넘게 닦고, 속옷과 옷을 갈아입었다. 옻 냄새 밴 빨래들은 세탁기 속으로 들어갔다. 빈틈없이 일을 처리한 한소리 여사는 아무 일 없다는 듯이 컴퓨터 고스톱을 치기 시작했다.

"에라이, 광박에 띠까지… 저 새끼 또 처먹네."

피박에 광박까지 한 방에 몇 만 원이 쓸려 나갔다. 가상이어서 다행이지 실제로 하는 고스톱이었다면 너 죽고, 나 죽자는 막장 드라마 같은 이야기가 펼쳐졌을 것이다.

매미 소리에 묻힌 한소리 여사의 목소리가 햇볕과 함께 창문으로 엉켜들었다.

날이 더 더워진 뒤로 배상 씨는 대창 대교 밑에서 오후를 지내는 중이다. 그늘도 좋고 삼삼히 모여드는 사내들의 웃음소리와 고스톱 판이 벌어지는 흥겨움에 돗자리 위에 누워 잠을 자 줘야 오후를 잘 보냈다고 배상 씨는 생각했다. 가끔 술 먹고 싸우는 수가 생길 때만 빼고는, 그저 목 좋은 곳을 골라잡아 콧노래까지 바람 따라 보내줬다. 한나절 잘 보내고 돌아온 배상 씨가 자전거를 그늘에 얹어놓고 개밥에 물을 한 사발 부어주었다.

"점심은 드셨슈?"

"응."

얼굴도 내밀지 않고, 컴퓨터 화면만 뚫어지게 바라보는 한소리 여사의 귓속으로 매미 울음소리만 들어왔다.

"점심은 어디서 먹었남?"

"뭐라고요?"

"점심은 어디서 먹었느냐구?"

점심, 소리에 가슴이 뜨끔한 한소리 여사는 화투패를 날리다 말고 가만히 화면만 바라봤다. 도둑이 제 발 저린다고 혼자 끙끙거리다가, 산고을가든에서 먹었다는 소리를 아주 작게 혼잣말로 뱉어냈다. 그 소리를 들었는지 어쨌는지 더는 묻지도 않는 배상 씨 곁에서 진순이만 침을 질질 흘리고 있었다. 숨 좀 돌리자고 다시 고스톱에 빠진 한소리 여사는 곁에 온 배상 씨의 기척에 놀라 몸을 오그렸다.

"당신 옻닭 먹고 온 거 아녀?"

"내가 언제 옻닭 먹는 거 봤수? 백숙 먹었는데 맛만 좋더구먼."

순간, 떨리는 손끝을 똥 광에게 주고 짐짓 모르는 척, 아닌 척하며 말을 건넸다. 한술 더 떠서 입에 넣어주는 것도 센스라고, 건너가는 말로 언제 한번 같이 먹으러 가자고 뒤통수에 던졌다. 배상 씨는 한소리 여사 목소리를 뒤로하고 삽자루 쥔 채 뒷짐 쥐고 들녘으로 나갔다.

저 푸른 초원 위에 그림 같은 집을 짓는 것은 고사하고, 올 태풍은 몇 개나 지나갈지, 얼마나 벼를 쓰러트릴지 걱정이었다.

배상 씨는 매년 농협으로 쌀을 넘기기에 쌀 한 톨도 아쉬웠다. 가뭄에 물꼬 열어두고 저수지 물이나 받아볼 요량으로 한참을 앉아 있었다. 까딱까딱 아쉬운 졸음을 함께하면서 날도 져가고 있었다.

저녁때가 되어 집을 나온 한소리 여사는 집 안에 있는 화장실을 사용하지 않았다. 옻닭을 먹으면 매사 뒤를 남기지 않는다는 게 철칙이었다. 화장지 둘둘 말아 손에 쥐고 세 들어 사는 여희네 집 바깥 화장실로 가는 한소리 여사.

여희네 화장실은 재래식으로 주인장인 배상 씨가 바꿔줄 생각을 하지 않았다. 화장실 바꾸는 돈이면 창고를 고치겠다고, 화장실 때문에 문제가 날 일 있으면 아예 세도 주지 않는다고 으름장을 놓기도 했다.

한소리 여사가 문고리 잡아 걸고 똥구멍에 힘을 주는데 점심으로 먹은 옻닭의 힘이 불끈불끈 쏟아졌다. 개운한 짐을 덜어놓고 나온 한소리 여사가 집으로 들어가고, 들녘에 나갔다가 돌아온 배상 씨가 급한 바지춤을 열고 여희네 화장실에 앉았다. 옻똥 김이 빠지지 않은 상태로 쪼그려 앉은 배상 씨. 스멀스멀 올라오는 옻똥 김이 거시기며 똥구멍에 살짝살짝 붙었다. 그것을 알 턱이 없는 배상 씨는 시원한 여름 저녁을 화장실에서 맞이하고 있었다.

"멀구 약을 해야겄는디…."

"벌써 멀구가 생겼슈?"

"벌써라니, 어느 나라 말이여? 생긴 지가 온젠디…."

"집 안에만 있는디 내가 어찌 알겄슈."

"관심이 읎으니께 그렇지. 나가 봐. 동네 여자들 다 알지."

"오째 동네 여자들이 다 아는지 당신이 아나 모르겄네."

"나만 알간? 이 동네 사람들 다 알지?"

"오째 말을 했으믄 끝까지 한길로 가야지 갑자기 왜 돌리나 모르겄네."

"내가 말을 말아야지. 저노무 여편네하고 무신 말을 섞어."

"하지 말어. 나도 듣기 싫으니께."

팽, 돌아앉은 배상 씨 곁으로 선풍기 바람만 불어댔다. 그러면서도 구시렁구시렁 오가는 말 속에 벼멸구가 뛰어다녔다. 밥숟가락을 넣으면서 옆집 여희네 고추밭 이야기며, 이장 댁에 늙은 향나무 이야기까지 열무김치로 후루룩거렸다.

밥을 먹는 내내 배상 씨의 손이 엉덩이를 오고 가는 것을 지켜본 한소리 여사가 한 마디 던졌다.

"왜 그래싸요? 드럽게시리…."

"뭐가 드러워? 내가 어쨌간?"

"자꾸 엉덩이에 손이 가니 토 나올라고 허네."

"토는 무신, 자네는 엉덩이 안 긁남?"

"벌러지 나오나 왜 그리 긁어대나 모르겄네."

"지랄맞은 여편네 하는 소리마다…."

엉덩이를 긁으면서도 배상 씨는 옻은 꿈에도 생각하지 않았다. 한참을 이리 뒤척 저리 뒤척이며 앉아 텔레비전을 보던 배상 씨가 아무래도 이상한지 한소리 여사를 불렀다.

"자 어매, 여 좀 봐봐."

배상 씨가 허리띠를 풀며 바지를 훌러덩 내렸다. 오랜만에 배상 씨의 거시기와 엉덩이를 본 한소리 여사는 빙그레 미소를 지었다.

쭈글쭈글한 것이 드문드문 보이는 허연 터럭 하나까지 나이와 함께 간다는 것을 한소리 여사는 오래전부터 알고 있었지만, 두 눈으로 다시 한 번 확인하고 나니 새삼스러워졌다.

잠깐이지만 아름다웠던 지난날 생각에 빠져 있던 한소리 여사의 눈빛 속으로 배상 씨의 목소리가 들어왔다.

"뭘 보고 있는 겨?"

자기 생각에 빠져 있다가 깜짝 놀란 한소리 여사가 찬찬히 보니, 불긋불긋한 것이 엉덩이와 거시기를 중심으로 넓게 퍼져 있었다.

"뻘겋게 오돌도돌 뭐가 났구먼."

"그렇지? 어쩐지 자꾸 가렵고 이상하더라고. 그런디 오째 이런 게 생겼지?"

"글쎄 내가 아나, 점심때 뭐 잘못 먹었나?"

"아녀, 점심 먹고는 아무 이상 없었는디, 왜 하필 이런 데에 나냐고."

"꼭 옻…독 같구먼."

자신도 모르게 옻 얘기를 꺼낸 한소리 여사는 텔레비전으로 눈을 돌리며 딴짓을 했다. 도둑이 제 발 저리다고, 한소리 여사 가슴이 뜨끔뜨끔 배상 씨를 곁눈질로 바라봤다. 아무 말도 없이 엉덩이를 긁으며 바지를 입던 배상 씨가 대뜸 소리를 질렀다.

"어떤 놈이 옻닭을 처먹은 겨? 당신이 먹었지? 맞지?"

"내가 먹는 거 봤소? 왜 나만 잡고 난리여? 말복이니까 여기저기서 먹을 텐데 왜 바깥에서 빰 맞고 와서 나한테 난리여."

방귀 뀐 놈이 성낸다고 한소리 여사가 배상 씨의 말을 받아쳤다. 배상 씨는 바지를 올리면서도 손은 엉덩이에 가 있었다. 욕도 한 바가지씩 던지면서….

"점심 먹고 논에 갔다가 배 아파서 여희네 화장실에 간 것 뿐인디, 이게 어쩐 일이여."

배상 씨가 시부렁거리는 말로 여희네 화장실 이야기를 하자 귀가 번쩍한 한소리 여사는 배상 씨의 뒤통수에 대고 떨리는 목소리로 말했다.

"언제 여희네 화장실 갔슈?"
"왜? 뭐 짚이는 구석 있어?"
"있긴 뭐가 있어! 그냥 물어보는 거지."
"저녁때 갔는디… 논에 갔다가 와서."

한소리 여사가 머리를 굴려 이리저리 재어보니 자기가 여희네 화장실 갔다 온 다음에 바로 배상 씨가 들어간 것이라고, 조기 꿰듯이 딱, 맞아떨어졌던 것으로 생각했다. 꿩 구워 먹은 듯이 아무 말 못 하고 쥐 죽은 듯 조용히 있으려니 배상 씨가 소리를 질렀다.

"아이고 못 살겄네. 워떤 놈이 처먹은 겨. 왜 똥을 싸도 내 앞자락에 싸고 지랄이냐고. 니미 어떤 인간이여. 씨부랄."

아무 죄도 없는 여희네 집에 대고 소리소리 지르는 배상 씨를 바로 쳐다볼 수도 없고, 그렇다고 뭐라 할 수도 없는 한소리 여사만 속이 바짝바짝 타들어 갔다. 이렇게 된 거 이판사판이라고 자진 납세를 할 수도 없으니 끝까지 모르쇠로 일관하리라 생각했다.

병원에 다녀와도 쉽게 나을 수 없는 옻독을 온몸으로 느낀 배상 씨는 더위와 함께 벅벅 긁어댔다.

옻도 날 지나야 가라앉는 법, 집 안에서는 팬티만 입고 선풍기 앞에서 떠날 줄을 몰랐다. 탈탈탈, 돌아가는 선풍기 앞에서도 여희네 문 쪽에 대고 욕을 하는 것은 예삿일이 아니었다. 지나갈 때마다 소리를 지르고 돌멩이며 바가지는 보이는 족족 발로 차버리는 통에 여희 엄마는 혹시나 자기네가 잘못한 것이 있는지 살며시 한소리 여사에게 묻기까지 했다.

동네 길을 지날 때는 멋도 모르고 사타구니를 긁어대다가 동네 아낙들 여럿, 배상 씨를 피해 다녔다. 그러면서도 여희네 집 주위를 뱅뱅 돌며 언제든 한 번만 걸려라! 주문을 외웠다. 이를 지켜보는 한소리 여사는 그저 새가슴으로 배상 씨를 따라 주위를 뱅뱅 돌 뿐이었다. 괜스레 아무 죄 없는 여희네에게 생떼라도 부릴까 봐 노심초사했다.

풀이 발모가지까지 자랐다며, 논으로 나갔던 배상 씨가 논두렁에 풀 깎고 오던 중 돌부리에 걸려 자빠졌다. 다행히 크게 다치지는 않았지만 하필이면 옻독 오른 곳 가까이 상처가 났다. 찢어진 바지 끌고 삽으로 지팡이질하며 문안으로 들어선 배상 씨가 소리소리 질렀다. 무슨 신나는 일이라도 있는 줄 알고 진순이도 함께 펄쩍펄쩍 뛰며 짖어댔다. 개도 짖고, 사람도 짖고 온 동네에 소리를 질러대는 배상 씨 목소리에 살기가 느껴졌다.

"어느 연놈이 옻을 처먹은 겨? 이게 사람이 할 짓이여! 이런 젠장맞을 놈들."

배상 씨가 고래고래 소리를 지르는 바람에 맨발로 달려 나온 한소리 여사가 배상 씨 몰골을 보고 입이 떡, 하니 벌어져서 다물지를 못했다.

머리부터 발끝까지 흙탕물을 뒤집어쓰고 가랑이 사이로 핏물이 흘렀다. 바지는 허벅지부터 장딴지까지 찢어져 있었다. 앞자락은 흙탕물이 그다지 많이 묻어 있지 않고 젖어 있는 걸로 봐서 오줌을 싼 것 같았다.

아무 말도 못 하고 멍하니 서 있는 한소리 여사에게 소리를 질렀다.

"뭘 보고 있어? 잉? 동네 구경이라도 났어?"

"이게 무슨 일이여? 누구하고 한바탕했나… 이게 어쩐 일이여."

"빨리 옷이나 벗겨! 벗기라고!"

날 대로 난 성질이 이리저리 뛰어다니고 있었다. 애먼 여희네하고 한바탕 붙을 기세였다. 그런 배상 씨를 달래느라 한소리 여사는 이리 뛰고 저리 뛰고 있는 비위 없는 아양 떨어가면서 쫓아다녔다. 꼬리 길게 진순이도 낑낑대면서 목줄 조이며 뛰었다.

"옻 처먹은 연놈들 얼마나 오래 사나 볼 겨. 내가 꼭 보고 말 겨. 이런 씨벌 놈들…."

이를 박박 갈면서 바지를 벗자 하얀 속살 있는 대로 드러났다. 털털거리는 거시기에도 피가 묻어 있었다.

자신의 처지를 있는 대로 비관하고 있는 배상 씨 뒤에서 그저 눈치만 보고 있는 한소리 여사는 일단 이 사태를 피하자고 생각했다. 마음으로는 여희네에게 미안하다고 수십 번 말하면서도 입 밖으로 내놓지 못했다.

"꿔다 논 보릿자루도 아니고 왜 그러고 서 있어? 수건이라도 가져와."

한소리 여사는 배상 씨 주둥이에 꿀이라도 발라놓고 싶지만 그렇게 할 수도 없는 노릇이었다.

“여편네가 집에서 뭘 하고 있어? 잉? 맨날 고스톱만 치고. 집안일을 제대로 했어봐. 이런 일이 생기나.”

“아니 어디서 다쳐 갖고 와서 왜 나한테 승질이여. 내가 뭐랬다고.”

“할 일이 그렇게도 없나, 나가서 풀이라도 뽑지. 맨날 그놈의 컴퓨터만 붙잡고….”

“여태까지 당신이 나한테 해준 게 뭐 있어? 말년에 좀 쉬겠다는데 왜 자꾸 개 풀 뜯어먹는 소리여.”

“개 풀 뜯어먹는 소리라니. 내가 개여? 개냐구?”

“누가 개라고 했소? 왜 당신이 스스로 개를 만드느냐고.”

“말이면 다인 줄 알지.”

“당신은 말을 곱게 했소? 가는 말이 고와야 오는 말이 곱지, 어찌 나만 그렇다고 생각하나 모르겠네.”

“한 번도 안 지지. 곰보단 여우가 낫다더만….”

“그렇게 아쉬우면 나가서 여우하고 사슈. 나도 아쉬울 것 없으니께.”

수건을 거실에다 던지며 화장실로 들어간 배상 씨는 있는 대로 소리를 질러댔다. 밖에 서 있던 한소리 여사는 자신의 입을 때리며 중얼거렸다.

"이그, 지랄맞은 주둥이…."

배상 씨가 한참을 화장실에서 나오지 않자, 문밖에 서 있던 한소리 여사가 문을 두드렸다.

"괜찮소? 약국 좀 갔다 올까 하는디?"
"괜찮지 그럼, 죽었을까 봐."

마음을 곱게 쓰려 해도 쓸 수 있게 만드는 게 아니라, 오던 주먹도 다시 가게 한다며 문밖에서 종주먹질을 해댔다.

홀딱 벗고 나온 배상 씨에게 수건을 집어던진 한소리 여사는 벌거벗은 배상 씨의 상처를 천천히 훑어보다가 거시기에 눈이 딱 멈췄다. 쪼그라들 대로 쪼그라든 거시기를 보지 말아야지 하면서도 자꾸 눈이 갔다. 터덜터덜 걸어가는 배상 씨 엉덩이도 나이에 맞지 않게 탱탱했다.

"뭐하고 서 있어? 옷 좀 내주지."

배상 씨 목소리에 정신이 퍼뜩 돌아온 한소리 여사가 다다다, 달려가 옷을 꺼내 줬다. 다리에 상처가 꽤 크게 나 있었다. 허벅지부터 장딴지까지 피가 나오고 있었다.

"병원 가봐야 쓸 것 같은디."

"병원은 무슨, 소독약하고 마이신 있으면 좀 가져와봐. 붕대도."

휴지로 피를 닦아내면서도 연신 옻독 오른 사타구니만 긁어대고 있는 배상 씨에게 한소리 여사는 타박질을 해댔다.

"그만 좀 긁어. 징그러워 죽겠네. 뻘겋게 그게 뭐여. 약을 바르면 좀 아물기나 하지. 무슨 벼슬한 것도 아니고, 그렇다고 내세울 힘도 없으면서 오지게 손은 잘도 들어가지."

"내가 왜 힘이 읎어? 힘이 읎긴."

한참을 긁다가 머쓱했는지 배상 씨가 한소리 여사를 힐끔 보다가 팬티에서 손을 뺐다. 그러고는 약속이나 한 것처럼 여희네 집에 대고 구시렁구시렁거렸다.

잊어버릴 만하면 또 하고 잊어버릴 만하면 또 하는 배상 씨를 바라보던 한소리 여사가 엿 먹으라는 식으로 올여름이 지나기 전에 다시 한 번 옻닭을 먹고 오리라, 생각했다.

배상 씨에게 옻의 출처가 밝혀지지 않은 이상 한소리 여사는 다시 한 번 시도하리라 마음먹었다.

그날 밤, 소쩍새도 울다 말고 달빛 취해 날아가버리고, 진순이도 먼 산 보고 짖다가 잠든 그런 밤이었다.

"자 어매 자남?"

한소리 여사의 등을 조용한 목소리로 배상 씨가 두드렸다. 살짝 잠이 들었던 한소리 여사는 몸을 뒤척이며 일어났다.

"왜요? 자리끼 필요하슈?"

"아녀."

"그럼 다친 데가 아픈감?"

"아녀."

"그럼 왜 자는 사람을 깨우고 난리여. 간신히 잠들었는데."

"저기, 저…"

"똥 마렵소?"

"똥은 무슨 똥. 망할 놈에 여편네…"

"아니 이 양반이 자다 말고 봉창 두드리는 소리를 하고 그러나 모르겠네."

이불을 털썩이며 돌아누운 한소리 여사의 등을 바라보는 배상 씨도 돌아누웠다. 한동안 누워있던 배상 씨가 다시 일어나 한소리 여사를 불렀다.

"여봐! 자?"

"왜 자꾸 그러나 모르겠네. 왜요? 왜?"

있는 대로 짜증이 난 한소리 여사가 배상 씨를 향해 일어나 앉았다. 그저 멍한 눈으로 한소리 여사를 바라보는 배상 씨를 향해 눈빛을 쏘아댔다.

배상 씨의 행동이 이상하다 싶어서 돌아누운 한소리 여사가 다시 일어났다.

"왜 그려? 어디가 불편하슈? 잉?"

"그냥 자. 괜찮으니께."

"당신 혹시, 거시기가 그러니께 간질거려서 이러는 거요?"

아무 말도 없이 벽 쪽을 바라보고 누운 배상 씨가 이불을 가슴까지 끌어 올렸다. 이에 한소리 여사가 배상 씨 등 가까이 앉았다. 그러고는 아무 말 없이 배상 씨 등에 손을 올렸다.

가슴속으로는 옻독을 옮게 한 이가 자신이라는 것에 미안한 마음이 들었지만, 이제 와서 밝혀봐야 좋은 소리 못 듣는 것은 마찬가지. 증거자료를 화장실에 없애고 아무도 본 사람 없기에 끝까지 가보자 했지만, 내내 찜찜한 것은 어쩔 수 없었다. 뭐 자신만 찜찜하면 그만이다 생각하다가도 애먼 여희네를 잡는 배상 씨를 대할 때마다 입술이 달싹거렸다.

어깨를 돌려 안쪽으로 누운 배상 씨의 상처를 바라봤다. 한소리 여사는 자신도 모르게 상처에 손을 댔다.

"뭐 혀? 아직도 아프구먼. 욱신욱신거린단 말여."

"암 소리 좀 말어유. 누가 잡아먹을까 봐서리."

한소리 여사 말이라면 소금에 탁 난다고 해도 믿지 않을 양반이 밤 손길은 철석같이 믿는 것이었다.

아무 말도 없이 두 눈을 꼭 감고 한소리 여사의 두텁고 거친 손길을 타고 있었다. 한소리 여사도 배상 씨의 숨결을 타며 손가락이 춤을 추었다.

"간질거린다구."

"아, 이 양반이 좀 조용히 좀 혀유."

한창때는 저녁노을만 번지면 입가에 웃음이 퍼지고는 했던 배상 씨로서는 한소리 여사의 거침없는 태도에 늘 감탄했다는 것이다.

한소리 여사의 손이 성큼 배상 씨의 팬티 속으로 들어갔다. 그러고는 배상 씨가 원했던 곳을 살살살 긁었다. 쭈뼛거리던 배상 씨의 온몸에 오소소소 소름이 잔잔히 일고 있었다. 그 순간 옻독이 무슨 소용이고, 상처가 무슨 소용이란 말인가.

저 멀리 개 짖는 소리에 진순이가 매가리없이 따라 짖던 밤이었다.